龍の青嵐、Dr.の嫉妬

樹生かなめ

white heart

講談社X文庫

目次

イラストレーション／奈良千春《ならちはる》

龍《りゅう》の青嵐《せいらん》、Ｄｒ．《ドクター》の嫉妬《しっと》

1

夜の十二時を軽く過ぎた頃、氷川諒一《ひかわりょういち》は内科医としての仕事を終えて、愛《いと》しい男が待つ眞鍋《まなべ》第三ビルの一室に戻った。リビングルームには明かりがついており、橘高清和《きったかせいわ》がソファで書類を眺めている。彼は寝ているとばかり思っていた。

「清和くん、起きていたの？」

氷川は清和のそばに近づき、シャープな頬《ほお》に唇を寄せた。

「ああ」

清和は氷川の顔を確認して、ほっと胸を撫《な》で下《お》ろしたようだ。指定暴力団・眞鍋組の金看板を背負う二代目組長には苦悩が絶えない。

「先に寝ていればいいのに」

氷川は清和の頬で軽快な音を鳴らした後、スーツの上着のポケットから携帯電話を取りだした。

「先生こそ、大丈夫か？」

清和は華奢《きゃしゃ》な身体《からだ》でハードな仕事をこなす氷川を案じている。

「僕が倒れたとしたら、原因は心配させた清和くんだよ」

氷川はわざといやみったらしい笑顔を浮かべ、清和の顎先《あごさき》を人差し指で撫でた。

程度の差はあれ、医療の現場は過酷を極めていて、氷川は激務に追われ続けている。仕事中、一時も気を抜けないが、清和率いる眞鍋組の抗争に比べれば可愛《かわい》いものだ。つい先だっては、事実ではなかったものの仕事でタイに渡った清和の訃報《ふほう》が流れ、氷川は一時的に組長代行に就《つ》いた。その後、清和の密《ひそ》かな後ろ盾でもあった名取《なとり》グループ会長と袂《たもと》を分かつことになり、どうしたって気の休まる暇はない。

「…………」

鉄砲玉より鉄砲玉らしい氷川に思うところはあるらしいが、十歳年下の男は口を閉じている。不夜城に君臨する眞鍋の昇《のぼ》り龍《りゅう》と楚々《そそ》とした美貌《びぼう》の内科医の力関係ははっきりしていた。

「清和くんにヒットマンが差し向けられないかひやひやする。清和くんの車に細工がされないかひやひやする。清和くんに若くて綺麗《きれい》な女性が近づかないかひやひやする」

氷川が神妙な面持ちでつらつらと連ねると、清和はさりげなく視線を逸《そ》らした。

「…………」

「清和くん、こっちを向いて何か言ってよ」

氷川は意地悪い手つきで清和の耳を引っ張った。

「…………」

深夜、決着がつかない話題で言い合っている場合ではない。氷川は清和に告げなければならないことを思い出した。

「……うん、こんなことを言っている場合じゃないんだ。今日、桐嶋《きりしま》さんからメールをもらった」

口で説明するより、実際にメールを見てもらったほうが手っ取り早い。

氷川が差しだした携帯電話を手に取ると、清和は鋭い双眸《そうぼう》を軽く細めた。どうやら、想定内の出来事らしい。

「桐嶋組長に返事をしたのか？」

氷川の舎弟を名乗る桐嶋元紀《もとき》は関西出身の極道で、清和の宿敵ともいうべき藤堂和真《とうどうかずま》の大親友だ。現在、桐嶋組の看板を掲げ、元藤堂組のシマを統《す》べている。かつて氷川は拉致《らち》されたり、襲われかかったり、いろいろとあったが、気持ちいいぐらい真《ま》っ直《す》ぐで明るい桐嶋は、今ではお気に入りの存在だ。

桐嶋と清和もわだかまりを捨て、いい関係を築いている。

「桐嶋さんのメールを見たのが帰りのロッカーだったんだ。その場でメールを送ったよ」

白衣を脱いだ後、氷川は携帯電話に届いていた桐嶋からのメールを見た。そして、のけぞった。

『姐《あね》さん、虎《とら》のアニキがハラキリするかもしれへん。助けを求められたんやけど、助けてもいいですか？』

詳細は書かれていないが、氷川にはなんとなくわかる。虎のアニキとは眞鍋組のリキの異母兄である高徳護国晴信《たかとくごこくはるのぶ》だ。剣道で名高い高徳護国流の次期宗主である。おそらく、晴信は結婚を渋り、性懲《しょうこ》りもなく逃げようとしているのだろう。けれど、高徳護国流一門の監視が厳しく、日光《にっこう》にある本家から逃げるに逃げられないでいるのだろう。そこで、勇名を馳《は》せた高徳護国流の次期宗主が、ヤクザである桐嶋に縋《すが》ったに違いない。

桐嶋と晴信を引き合わせたのは、ほかでもない氷川だ。氷川自身、あんなに晴信がヤクザに馴染《なじ》むとは予想だにしなかった。

『晴信くんが逃げたらたくさんの人がハラキリするかもしれません。絶対に晴信くんを助けないでください。さっさと結婚するように晴信くんを説得してください』

氷川はその場で桐嶋に返事を出した。いじらしい花嫁候補を思えば、逃げようとする晴信が腹立たしくてたまらない。

清和は冷静に氷川が送信したメールを確認している。彼は氷川の返事の内容に満足したようだ。

「清和くん、晴信くんはまだ結婚していないんだね？　花嫁さんが可哀相《かわいそう》だよ」

氷川が晴信の結婚について言及した瞬間、清和の周囲に引《ひ》き攣《つ》れたような緊張感が走った。

「晴信さんのことは忘れろ」

白百合《しらゆり》の如《ごと》き容姿を持つ氷川の核弾頭ぶりに、清和のみならず眞鍋組は常に肝を冷やしている。爽《さわ》やかそうに見えて曲者《くせもの》の晴信にも振り回された。ふたり揃《そろ》ったら強烈すぎてどうなるかわからない。

「僕も自分から晴信さんに関《かか》わろうとは思わない。ただ、どうなっているのか、現状を教えてほしい」

氷川は清和の膝《ひざ》に乗り上げ、真正面から見据えた。

「……………」

氷川は口を真一文字に閉じた清和を急《せ》かすように上体を揺らした。もっとも、大柄で屈強な清和は、氷川が膝で暴れてもビクともしない。

「僕の推測で合っているんだね？」

晴信は高徳護国家のどこかに閉じ込められ、屋敷付近は言うに及ばず、友人や知人、駅や高速道路の入り口などにも門弟たちの監視の目が光っているのだろう。数多《あまた》の門弟を持つ高徳護国家の組織力は目を瞠《みは》るものがあった。

「……………」

氷川は清和の仏頂面《ぶっちょうづら》から読み取った。

「晴信くん、まさか、牢屋《ろうや》みたいなところに閉じ込められているの？」

武勇の誉れ高き高徳護国の本家にはいくつかの逸話がある。晴信が酒の肴《さかな》として話してくれたが、広々とした屋敷には侵入者に備え、随所にからくりが巧妙に仕掛けられていたはずだ。確か、侵入者を捕らえておく場所もある。

「……座敷」

氷川に負けたのか、鉄砲玉根性を危惧《きぐ》したのか、清和は抑揚のない声で答えた。

「座敷？」

察するに、晴信は座敷牢のような場所に閉じ込められている。晴信の結婚に関しては、高徳護国家のメンツがかかっていると、リキに聞いていた。特に晴信の継母は、誰よりも晴信の結婚と宗主就任を望み、躍起になっている。

「結婚はまだなんだね？」

花嫁は晴信が密かに気に入っていた美人令嬢だ。次期宗主夫人としてなんの不足もない女性である。

「晴信さんのご両親が勝手に入籍した」

清和は一本調子で語ったが、晴信の両親を非難している気配があった。若さゆえの憤り《いきどお》かもしれない。

「か、勝手に入籍したの？　じゃ、戸籍上は結婚したんだ」

氷川は晴信の両親の横暴に驚いたが、その行動はわからないでもない。幸せな家庭を拒絶する晴信の頑なさが尋常ではないからだ。

「晴信さんは怒った」

怒髪天を衝《つ》いた晴信がどんなに暴れたのか、氷川は清和の表情からなんとなく読み取った。ヤクザの抗争のように銃弾は飛び交わなかったが、日本刀を手にした剣士たちの凄絶《せいぜつ》な戦いと化したようだ。

「そうだろうね。でも、ご両親の気持ちもわかるな」

氷川が大きな息を吐くと、清和は軽く口元を緩めた。

「リキも同じことを言っていた」

高徳護国家で起こっている大騒動を耳にし、いつも冷静沈着なリキの顔が派手に歪《ゆが》んだらしい。両親の肩を持ったそうだ。

「晴信くん、入籍したのに逃げようとしているの?」

氷川は清和の目を真っ直ぐに見つめて尋ねた。

「ああ」

「いい加減、諦《あきら》めればいいのに」

氷川が呆《あき》れ果《は》てると、清和はニヤリと笑った。

「リキもそう言っていた」

苦行僧のようなリキも、晴信の根性には呆れたらしい。氷川にしてみれば幸せに背を向けるリキも晴信の同類なのだが。

「清和くんも同じ気持ちなんだね？」

「ああ」

冷たい雪を連想させる清和の目に陰が走ったことを見逃さない。氷川は清和の心の中を思いやった。

自然に眞鍋組で一番汚いシナリオを書く策士が脳裏に浮かぶ。

「……祐《たすく》くんの意見は違うの？」

図星だったらしく、清和は上体を大きく揺らした。

「………」

氷川は清和の首に両腕を絡め、彼の耳に囁《ささや》くように言った。

「嘘《うそ》をついても僕にはわかるからね？　祐くん、もしかして、晴信くんまで利用しようとしているの？」

祐は極道の仁義や義理に縛られておらず、眞鍋組で最もビジネスに徹した思考を持つ。利用できるものはなんでも利用する。リキに焦《こ》がれているホストやデザイナー、警察のキャリアまで利用するのを躊躇《ためら》わない。

高徳護国流で剣を学んだ警察官は多いし、司法界や財界など、各界に門弟はいる。何代か前の首相は高徳護国流の門弟だった。歴然とした力を持つ高徳護国流の次期宗主である晴信の利用価値は高い。

「……よくわかるな」

姉さん女房に対する年下の亭主の潔さか、清和は観念したように苦笑を漏らした。背後で降服の証《あかし》である白旗を振っているようだ。

「そりゃ……って、晴信くんをどうする気？　晴信くんや高徳護国家を利用したらリキくんが黙っていないでしょう」

リキは高徳護国宗主の次男であり、一度は鬼神と称《たた》えられたこともある剣士だ。最強の男として剣の世界では伝説的な存在になっている。今現在、かつての名前を捨て、いくら清和に命を捧《ささ》げているとはいえ、晴信や高徳護国流を利用することをよしとするとは思えない。

「祐やリキは俺と先生のためにならないことはしない」

清和は伏し目がちに言葉を濁した。

「うん、それはわかっているけど」

やり方に問題がないわけではないが、祐は清和に忠誠を誓い、裏表なく動いている。氷川も祐には全面的な信頼を置いていた。

「そういうことだ」

清和に唇をキスで塞《ふさ》がれそうになり、氷川は首を小刻みに振った。

「……ちょっと、誤魔化さないで」

話はまだ終わっていない、と氷川は目を据《す》わらせた。体格や迫力で負けても、口と根性では負けない。

「…………」

氷川は清和の膝で下肢に力を入れ、きつい声で確かめるように訊《き》いた。

「そういえば、祐くんについて確認しておきたいことがあるんだ。祐くんは安孫子《あびこ》先生をどうする気？」

タイで清和の訃報が流れた時、実質、祐はひとりで眞鍋組を回した。結果、ほっそりとした身体で無理に無茶を重ねた挙げ句、とうとう疲労で倒れて、氷川の勤務先に入院したが、ノーマルな小児科医の安孫子を惑わしたのだ。

つい先日、祐は安孫子の見送りを受けながら退院した。

氷川は祐が退院すればそれで終わると思っていた。安孫子に祐を口説く度胸がないからだ。当然、祐から安孫子に対する愛は露ほども感じられない。

それなのに、祐は安孫子の携帯電話にメールを送った。

ほんの挨拶《あいさつ》程度のメールだったが、安孫子の興奮ぶりは異常で、氷川は直視できなかった。

今朝、当直明けの氷川に安孫子が猪《いのしし》のような勢いで突進してきたのだ。

『氷川先生、氷川先生、氷川先生、氷川先生、氷川先生……なんです、なんですよ、なんですっ』

安孫子の目は血走っていて、言葉は意味をなしていない。氷川はにっこりと微笑《ほほえ》み、落ち着かせるように安孫子の肩を叩《たた》いた。

『安孫子先生、どうされました？』

安孫子はインチキ占い師の真蓮《しんれん》に心酔し、信者のように崇《あが》め奉《たてまつ》っていた。真蓮の真実が暴かれた後、ショックで号泣したりはしたものの、日常業務に支障はきたしていない。以前と変わらず、患者思いで仕事熱心な小児科医だ。

『……………そ、そ、そ、そういうわけなんですよっ』

安孫子は話し終えたつもりなのか、真っ赤な顔で氷川の返事を待った。額には汗が噴きでているし、鼻息はやたらと荒い。

『だから、どうされました？』

安孫子の興奮状態を直《じか》に見れば、いやでも、氷川は眞鍋組が誇る美貌の策士を思い浮かべる。

『僕が年賀状を出す前に祐さんがメールをくれました』

案の定、安孫子が舞い上がっている理由は祐だ。入院中はお世話になりました、というほんの挨拶程度のメールだったらしいが、祐に恋い焦がれている少年の如き安孫子は自分を見失った。

『年賀状はまだ先ですからね』

落ち着いてください、と氷川は念を込めて安孫子の肩を一心に叩く。今までどれくらい安孫子の肩を叩いたか、すでに数えきれない。

『ぼ、ぼ、ぼ、ぼ、ぼ、ぼ、ぼ、ぼ、僕、僕、僕はお返事メールを出してもいいんですよね？　迷惑じゃありませんよね？　迷惑だったらどうしよう』

安孫子は深く悩んでいるが、氷川は複雑でたまらない気持ちだった。祐の存在が崇拝していた真蓮から受けた安孫子のダメージを和《やわ》らげているのかもしれない。だが、祐は真蓮とはまた違った意味で凄《すさ》まじい裏の顔を持つ。

『安孫子先生、メールぐらいでそんなにオロオロしていてどうするんですか』

氷川は慈愛に満ちた顔で安孫子に優しく語りかけた。

『メールぐらい？　メールぐらいとはなんですか、祐さんがメールをくれたんですよ。祐さんなんですよ。あの綺麗で優しくて穢《けが》れがなくて女神みたいな祐さんなんですよ。今時、ああいう人がいるとは思わなかった。奇跡です』

それは絶対に違う、と安孫子の祐に対する形容に動揺したが、氷川は持てる理性を振り絞って笑顔で返した。

『はい、綺麗な患者さんでしたね』

顔立ちは氷川より女顔かもしれない。拳銃《けんじゅう》を構えてもヤクザには見えないが、祐は闇《やみ》社会《しゃかい》で戦う男だ。穢れのない女神どころか、目的のためには誰よりも汚い手を使う。

『一点の曇りもない女神のような人に僕のような男がメールを出してもいいんでしょうか？』

安孫子先生、おかしな方面に走らないでください、と氷川は喉《のど》まで出かかったがぐっと堪《こら》えた。

『メールぐらい気楽に出しましょう』

『ですから、氷川先生、メールぐらいとはなんですか。ホステスの営業メールじゃないんですよ。祐さんへのメールなんですよ』

安孫子の不気味な迫力に押され、氷川は二の句が継げなかった。今の安孫子にとって神は祐だ。

とりあえず、祐の本心が知りたい。いや、安孫子のためにも知っておきたい。

氷川は清和を探るような目で凝視した。

「俺に訊くな」

清和は苦虫を嚙《か》み潰《つぶ》したような顔で吐き捨てるように言った。背後には暗雲が垂れ込めている。

「清和くんもわからないの？」

氷川が胡乱《うろん》な目で尋ねると、清和はあっさり認めた。

「ああ」

祐はさまざまな面で複雑すぎて、清和には理解できないらしい。

「真面目で優しい安孫子先生をいたぶって気晴らしとか？　泣かせないでほしいな」

祐が安孫子をそういう意味で気に入ったとは思えない。あまりにもふたりはかけ離れていた。

「祐に言え」

清和の機嫌が悪くなったので、氷川は瞬《まばた》きを繰り返した。密着している身体からも清和の嫉妬《しっと》を感じる。

「清和くん、どうして妬《や》いているの？」

氷川が不思議そうに訊くと、清和の鋭い双眸がさらに鋭くなった。周りの空気もギスギスしている。

「……………」

「清和くんの前でほかの男を心配してごめんね」

先手必勝、氷川は優しく微笑《ほほえ》むと、清和の唇にキスを落とした。恋をする男は単純なのか、瞬《また》く間《ま》に清和の機嫌はよくなる。

「……………」

氷川はスーツの上着を脱ぐと、ネクタイを緩めた。清和の視線を手に感じつつ、白いシャツのボタンを外す。

「僕には清和くんしかいないから」

氷川は胸をはだけると、清和の耳元に甘く囁いた。

「ああ」

氷川は清和の視線を胸に感じ、頬をほんのりと染めた。身につけていた白いシャツをソファの下に落とす。

「ただ、祐くんがね……安孫子先生も変だし……おかしいとかそんなレベルじゃないかもしれない……もうなんか怖くなってくるような……うん、なんか、もう本当にとんでもないんだよ……」

安孫子で何を画策しているのか、祐が祐だけに油断できない。氷川は清和を思いつめた様子で凝視した。

「……………」

祐と安孫子に関しては、清和の表情から何も読み取れない。清和本人が言ったように、彼もわからないのかもしれない。

「安孫子先生を利用しようとか？　そんなのはないよね？」

医者は利用価値があるが、だからといって、新しい眞鍋組を模索している今、リスクを冒すほどでもないだろう。安孫子はそれ相応の良家の子息だが、リキの実家のように利用価値は高くないはずだ。

「先生に手を出さない限り、安孫子には何もしない」

清和は押し殺した声で本音をポツリと漏らした。

「安孫子先生は祐くんに夢中なんだよ。そんなことは絶対にないから」

氷川は軽く笑うと、清和のシャツのボタンを上から順に外した。鍛え上げられた体軀《たいく》が現れる。

「…………」

氷川は清和の逞《たくま》しい胸に頰を擦《す》り寄《よ》せた。何よりも優しくて、温かくて、安心できる場所だ。誰にも譲る気はない。

「祐くんにフラれても僕には来ない。もともと、安孫子先生は女性が好きな男だからね」

祐にフラれようにも、安孫子は告白さえできない。食事や映画に誘うこともできないだろう。

「…………」

氷川がどんなに言葉を尽くしても、清和の不満は消えないようだ。静かにチリチリと燻《くすぶ》っている。

「いつも僕が妬いているから、妬かれると嬉《うれ》しいけど、安孫子先生に限ってそんな心配はいらない。本当だよ」

常に数多の女性を虜《とりこ》にする美丈夫に嫉妬を爆発させているのは氷川だ。妬かれるのもたまにはいいが、清和の独占欲と嫉妬はあらぬ方向に向かってしまう。清和の命令で善良な安孫子にヒットマンが送り込まれるような惨事は避けさせたい。

「………」

楚々とした氷川は無意識のうちに周囲の男を魅了している。気づかないのは氷川本人だけかもしれない。

氷川に言い寄った男たちを思い出しているのか、清和の双眸に殺気が漲《みなぎ》った。若い男は明らかに氷川の過去に嫉妬している。

「清和くん、目が怖い」

氷川が甘い声で指摘すると、清和はさりげなく視線を壁に流した。

「………」

「僕といるんだからもう少し優しい目をして」

氷川は宥《なだ》めるように清和の頬を優しく摩《さす》る。極彩色の昇り龍を背中に刻んでいても、氷川にとっては可愛い男だ。

「………」

「僕が好きでしょう?」

氷川が婀娜《あだ》っぽく微笑むと、清和は照れくさそうに答えた。

「ああ」

「僕が欲しいんでしょう？」

氷川は煽《あお》るように清和の顎先をペロリと舐《な》めた。

「ああ」

「いいよ？　おいで」

氷川は清和のズボンのベルトを外し、ジッパーを下ろした。立派な体格に見合う分身を取りだす。

「……疲れているんだろう？」

屈強なヤクザを従える昇り龍だが、負担の大きい氷川の身体を案じ、滅多なことでは自分から欲望をぶつけない。

たまに、氷川は清和の優しさがもどかしくなってしまう。

「一回だけ」

当直明けにハードな仕事をこなした後、疲労は蓄積されているが、愛しい男を楽しませられるならばいい。清和はすでに腕にすっぽり収まった小さな子供ではない。キスぐらいでは物足りないだろう。

「…………」

氷川が甘く誘っても清和は二の足を踏む。

「わかっているとは思うけど、抱き潰すのはなしだよ」

かつて清和のみならず眞鍋組の男たちは一枚岩となって、何度も執拗に氷川に退職を迫った。その時、氷川を抱き潰そうとしたことがあった。当然、氷川は仕事を辞める気はない。

「…………」

氷川は白い手で清和の分身を意地悪く揉《も》み扱《しご》いた。若い男の身体は素直で、瞬く間に力を持った。

「いいからおいで」

氷川は成長した清和の分身を確認し、頬を紅《あか》く染めて微笑む。

「いいんだな？」

清和の声は不夜城の帝王とは思えないほど掠《かす》れていた。

「うん、優しくしてね」

「……っ」

氷川の艶《なまめ》かしい誘惑には勝てない。清和は低い声で苦しそうに唸《うな》ると、氷川の白い肌に吸いついた。

「清和くん、ゆっくり……」

あとは愛しい男を受け止めるだけだ。氷川は清和の情熱的な愛撫《あいぶ》に身を任せ、甘い吐息を漏らし続けた。

2

翌朝、目覚まし時計が起床時間を知らせる前に氷川《ひかわ》は目覚めた。清和《せいわ》の腕枕《うでまくら》に頰《ほお》を緩ませる。彼の寝顔にはあどけない時分の面影があった。

「よちよち歩いていた清和くんが腕枕なんてしてくれるようになったんだからね」

氷川が独り言のように呟《つぶや》くと、清和がゆっくり目を開けた。

「……身体《からだ》は？」

清和の第一声は氷川の身体への気遣いだ。

「優しくしてくれたから大丈夫」

氷川はふわりと微笑《ほほえ》むと、清和の額に朝の挨拶《あいさつ》代《が》わりのキスを落とした。引き締まった唇にも触れる。

清和の唇は冷たそうなのに優しい。

「また痩《や》せた。休めないのか？」

ここ最近、インチキ占い師の化けの皮が剝《は》がされて以降、氷川の帰宅は深夜の十二時を軽く過ぎている。指摘された通り、体重も落ちてしまっていた。清和は沈痛な面持ちで心配しているが、氷川にしてみればどうってことはない。研修医時代のほうが体力的にも精神的にも厳しかった。

「休む必要なんてない」

氷川は手をひらひらさせて、ベッドからそっと下りた。

「祐《たすく》もそう言いながら倒れた」

大袈裟《おおげさ》かもしれないが、祐のダウンは清和にトラウマを残したのかもしれない。自分が頑強なだけに衝撃を受けたのだろう。

「僕は祐くんみたいな無理はしていないよ。それに明日と明後日は休みなんだ」

明日の土曜日は大学の医局に顔を出すつもりだったが、急遽《きゅうきょ》、リフレッシュ休暇に変更した。二日連続、久しぶりにゆっくりするのもいい。清和に時間があるのならば、食材の買いだしにつきあわせるつもりだ。

「祐も同じことを言っていた」

俺は姐《あね》さんほど無理をしていませんから、と祐は口癖のように言いつつ、不眠不休で眞《ま》鍋《なべ》組のために働いた。清和やリキ、古参の幹部がどんなに案じても聞き入れなかったという。気位が高いゆえ、身体を心配されることも気に食わなかったようだ。

「僕、祐くんみたいにスポーツジムのインストラクターに運動を止められたことはないよ」

祐は頭脳戦には強いが、実戦にはてんで弱い。体力と腕力をつけるため、祐は意を決して、高い入会金を払い、設備の整ったスポーツジムに入会したそうだ。張り切ってスポーツジム特製のスポーツウェアやシューズも購入したらしい。しかし、有名なインストラクターは祐を見た瞬間、血相を変えた。

『君、君は運動しなくてもいい』

たとえ牛が犬のように鳴きだしても、スポーツジムでインストラクターが言うべき言葉とは思えない。祐は聞き間違いかと思ったそうだ。

『……は？』

祐のガードとして傍《そば》にいた卓《すぐる》も仰天したらしい。

『君、今まで運動らしい運動をしたことがないだろう』

インストラクターは祐のほっそりとした身体を診察するかのように眺めた。いやらしさや下品さはない。

『体育の授業は受けていました』

祐に運動音痴のそしりを受けた記憶はないそうだ。

『体育の授業は論外だ。君の骨格からしてね……うん、運動向きの関節じゃない。君はウオーキングをするぐらいがいいかもしれない』

インストラクターに運動を止められた優男というレッテルが祐に貼《は》られた。以来、祐はスポーツジムに一度も足を運ばないらしい。

ちなみに、祐の屈辱のスポーツジム事件を教えてくれたのは眞鍋組の卓だ。有名なインストラクターの適切な指導を受け、卓は筋肉量が上がっている。

チクチクと祐さんにいじめられています、と卓はハンドルを切りながら後部座席にいた氷川に漏らしていた。

祐とは違うとばかりに氷川は胸を張ったが、清和の不服そうな顔は変わらなかった。

「その有名なインストラクター、先生を見れば絶対に運動させせない」

「そんなことないと思うよ」

運動向きの骨格ではない自覚はあるが、今後のためにも氷川はすっとぼけた。たぶん、祐と同じようにどんなに鍛えても筋肉はつかない体質だ。

「祐より先生のほうが細い」

上背の差か、清和に指摘された通り、氷川のほうが華奢《きゃしゃ》だ。

「細くてもそんなにか弱くないから安心してほしい」

氷川は宥《なだ》めるように清和の額を撫《な》でたが、なんの効果もなかった。相変わらず、清和は神経を尖《とが》らせている。

「…………」

「清和くんが心配させなければ僕は平気だから」

「おい……」

氷川は清和の唇にキスを落とすと、そそくさとパウダールームに向かった。顔を洗ってから、朝食の準備をする。

忙しくて買い物に行けず、食材が尽きかけているが、朝食はまかなえそうだ。ワカメと豆腐で味噌汁《みそしる》を作り、ホウレンソウのおひたしにかつお節をかけた。海苔《のり》を巻き込んだ厚焼き卵に大根おろしを添える。

清和ものっそりとやってきて、ダイニングテーブルに着いた。

「清和くん、召し上がれ」

「ああ」

氷川は愛《いと》しい男の朝食を作ることが嬉《うれ》しい。向かい合って食事をすることが楽しい。しみじみと幸せを嚙《か》み締《し》める。

間違いなく、清和も同じ気持ちだろう。

いつもと同じように、氷川は眞鍋組のショウがハンドルを握る黒塗りのベンツで勤務先に向かう。車中の話題はもっぱら病み上がりの祐についてだ。退院して間もないというのに、以前にもまして忙しく飛び回っている。早朝、インドに出立し、夜にはシンガポールにいた日もあったらしい。

「ショウくん、その分だと祐くんはまた倒れるよ」

氷川が悲痛な面持ちで断言すると、ショウは固く握った右の拳《こぶし》を軽く上げた。

「二代目や安部《あべ》さんがハラハラしていますが、祐さんは聞いてくれません。殴ってでも休ませたほうがいいんスかね？」

祐に対してショウは腕力を行使したいらしい。ショウらしい短絡思考に、氷川はこめかみを揉《も》んだ。

「腕力に訴えるのはやめようね」

氷川は爆発物の製造はできるが、基本的に暴力には反対だ。暴力は何も生みださない。

「二代目が祐さんを殴りそうになりました」

ぶっ続けで仕事をこなす祐に焦り、清和は手を上げかけた。すんでのところで傍《かたわ》らに控えていたリキが止めたらしい。

憤《いきどお》る清和と悠然としている祐、その時の様子が氷川は容易に想像できた。

「清和くんもひどく心配している」

清和には思うがままにならない美貌《びぼう》の兵隊に焦《じ》れている印象があった。少年時代を共有しているからか、ふたりの生い立ちがそうさせるのか、清和と祐は単なる親分子分の間柄ではない。

「祐さんもメシぐらい食えばいいのに……いや、なんで、メシを食わずにいられるんですかね？」

大食漢のショウにしてみれば、食事もせずに仕事に没頭する祐が不思議でならないらしい。たぶん、清和やリキにしてもそうなのだ。

「祐くんとショウくんは根本的に違うから」

「今、祐さんに倒れられると困るんスよ。倒れても休ませてやれねぇ。二代目もリキさんもああいうのは苦手だし、俺はそばに近寄りたくもねぇし……」

ショウは苦悩に満ちた声で眞鍋組の内情を零《こぼ》した。

眞鍋組の頭脳は言わずもがなリキだが、苦手な方面を祐が一手に引き受けている。一番弁が立つのも祐である。騒動に次ぐ騒動で、祐の役目は増えているようだ。

「また、何か起こったの？　抗争？」

氷川にいやな予感が走り、運転席の背もたれを叩《たた》く。

「……ぶぎゃぁうっ」

ショウは自分の失言に気づき、人外の断末魔のような声で唸《うな》った。

「インチキ占い師の真蓮《しんれん》と組んでいた暴力団と揉めているの？　それとも、名取《なとり》グループ？　名取不動産と組んでいた東月会《とうげつかい》？　眞鍋組のシマを狙《ねら》っている六郷会《ろくごうかい》？　浜松《はままつ》組？　マフィアよりタチの悪い不法入国者？　シャチくんが教えてくれたアスター・フォードとかいう外資企業?」

氷川は思いつく限り、心当たりを捲《まく》し立《た》てた。若くして不夜城を手中に収めた清和の敵は数え切れない。組長代行として眞鍋組のトップに立ち、清和を取り巻く環境の熾烈《しれつ》さを知り、氷川は無性にやるせなくなってしまった。

「……そのっ」

ショウの後頭部が滑稽《こっけい》なぐらい揺れた。

「まだまだあるよね? 禁止している麻薬の密売に手を出して破門された元組員さんがまた動きだしたとか? 眞鍋組はもう真っ二つに割れたりしないよね? 眞鍋組が割れたらあちこちから敵が攻め込んでくるよ」

時代の波に乗れず、取り残される輩《やから》はどこにでもいる。かつて眞鍋組内では古い極道と清和の間で熾烈な諍《いさか》いがあった。清和の義父が収めたはずだが、まだ何か燻《くすぶ》っているのだろうか。

「……あ、あ、あ、姐さん、その……その……天気がいいので」

ショウは話題を天気に変えたいらしいが、氷川がひっかかるはずがない。

「天気なんてどうでもいいの。まさか、タイのマフィアと揉めているんじゃないよね? タイのマフィアは何も悪くなかったんでしょう? そういえば、チャイニーズ・マフィアと争ったこともあったよね? 眞鍋組のシマに外国人が増えたって聞いたけど、シャチくんが教えてくれた外資企業が関係しているの？　ショウくん、隠さないで正直に教えてちょうだい」

いったん考えだすと次から次へと出てきて止まらない。氷川は不安と焦燥感で押《お》し潰《つぶ》されそうだ。

「……実は、実は、実は、二代目は姐さん一筋ですが、ちょっとした義理で女ができたんです。姐さん、怒らないでください」

日頃、氷川の焼きもちに泣かされているショウが、清和の愛人について明かした。声は命知らずの特攻隊長とは思えないほど掠《かす》れている。

今までのショウの行動を考慮すればどう考えても嘘《うそ》だ。清和の愛人話で眞鍋組の話題から氷川の気を逸《そ》らしたいのだろう。

「怒らないよ、ショウくんの嘘だから」

氷川が運転席の背もたれを力の限り叩くと、ショウは泣きそうな声を張り上げた。

「……な、なんで……っ……」

いつもならちょっとしたことで鬼みたいに妬《や》くのに、とショウが言外で叫んでいる気配があった。一刻も早く明和《めいわ》病院に着くため、アクセルを踏んでスピードを上げる。姑息《こそく》な手段だ。

「そんな大嘘をついて誤魔化さなければならないほど、眞鍋組は危険な状態なの？」

氷川が真剣な顔で訊《き》くと、ショウは歌うように言った。

「だ、だ、だ、大丈夫っス。祐さんもリキさんもサメさんもピンピンしていますからーっ。俺も宇治《うじ》も卓も吾郎《ごろう》もニンニク入りのラーメンを食って元気っスからばっちりのＯＫっスよ」

パニックを起こしているショウの言葉は要領を得ない。氷川はニンニク入りのラーメンについてコメントする気もなかった。

「ショウくん、答えになっていません」

「これが答えっス」

組長代行から降りたんだから組には関《かか》わらないでください、とショウはくぐもった声で続けた。

氷川は涼やかな微笑でショウの言葉を聞き流す。

「僕は担当医として祐くんに無理をさせたくない。でも、今、祐くんはゆっくりできないんだね？」

「……そのっ、極道の看板を掲げている以上、ゆっくりできる時はありませんが……」

「僕が狙われている……わけじゃないね？」

氷川を乗せた黒塗りのベンツの後から、宇治が運転する黒いアウディが走ってくる。前方で疾走しているバイクも眞鍋組の関係者だろう。もし、氷川が敵のターゲットならば、警備はもっと物々しくなっていたはずだ。いや、サメ率いる影の諜報部隊《ちょうほうぶたい》ならば目につくところにはいないかもしれない。

「姐さん、頼むから姐さんはおとなしくしていてください」

ショウは切々とした様子で、氷川に眞鍋組の男たちの願いを言った。

「何を聞いても怖くない。僕が狙われているのならばちゃんと教えてほしい。大事な患者さんに被害が及ぶと困る」

極道を愛した以上、覚悟はしている。けれども、なんの関係もない患者にとばっちりがいくことだけは避けたい。

「あ～そのっスね。その心配は無用かと思いますが……はい、その心配はいらないと思います」

「真蓮と手を組んでいた暴力団はどうなったの？」

氷川は一番新しい騒動を口にした。眞鍋組は真蓮のバックにいた暴力団と話をつけたというが、どちらにどう転ぶかわからない世の中だ。眞鍋組と少なからず因縁《いんねん》がある暴力団だけに、氷川の懸念は尽きない。

「……あ、あ、あのインチキ占い師、あの件もカタがついています」

占い師と関わることを恐れているのか、ショウは呆気《あっけ》なく明かした。

「真蓮にヒットマンを送り込まれたとか？」

現在、真蓮の名前は地に落ちている。どう考えても、占い師としての復帰は難しいだろう。

「真蓮にそんな力はないと思いますよ。あの、お願いですから、占い師とか霊能者とかヒーラーとか僧侶《そうりょ》とか神主とか、そういうのには近寄らないでください」

目に見えない世界で仕事をしている者たちの巧妙な手口はさんざん聞かされた。今さらの注意に氷川は軽く頷《うなず》く。

「わかっている。次にいこう」

氷川は真蓮から次の懸念に移った。

「次？」

「今まであえて聞かなかったけれど、名取グループはどうなったの？　一昨日《おととい》かな？　僕、新聞で名取グループの商船が海賊に襲われた記事を見た」

現代に海賊がいるのかと、氷川は驚いてしまったが、名取グループのみならず日本企業の被害は甚大だと記事にあった。船の積み荷を盗まれるだけでなく、乗組員が虐殺されるケースも少なくはないらしい。例の如《ごと》く、日本の海賊対策は後手後手に回っている。

「海賊はどこにでもいます。映画館にもテーマパークにも芦ノ湖《あしのこ》にもいるでしょう」

ショウから唐突に出た地名に、氷川は綺麗《きれい》な目を見開いた。

「芦ノ湖？　箱根《はこね》の芦ノ湖だね？」

学生時代、氷川は学校の行事で箱根に行ったことがある。国内のみならず海外からの観光客も多い観光地だ。繁忙期の日曜日、先輩医師が家族サービスで箱根に遊びに行ったものの、箱根登山電車に箱根登山ケーブルカー、箱根ロープウェイなど、交通機関の行列に並び続け、疲れ果ててしまったという。

「芦ノ湖に海賊船があって、写真の商売で海賊のコスプレをしたおっさんがいたんスよ。メガネをかけた海賊姿はNGっスね。俺のほうが絶対に似合う」

箱根のシンボルともいうべき芦ノ湖を、観光客を乗せた海賊船が往来している。ショウは嬉々《きき》として語ったが、氷川は冷たい声でぴしゃりと撥《は》ね退《の》けた。

「ショウくん、そんな話に騙《だま》されるわけないでしょう」

「心配しなくても姐さんの大事な男は無事です」

ショウの声には若々しい力が漲《みなぎ》っていて頼もしいが、だからといって氷川は安心できない。

「ショウくんが守ってくれるから？」

氷川はショウが口にしそうなセリフを嫌みっぽく言った。

「そうっス」

自信満々のショウの返事に、氷川の白い頬が痙攣《けいれん》する。

「あのね、よく考えてよ、安心できるわけない」

氷川は後部座席から腰を浮かせかけたが、すぐに考え直して深く座る。

「そこをなんとか」

「無理をねじ込むサラリーマンみたいなことを言うんじゃありません」

氷川とショウの言い合いは、目的地に到着するまで続いた。ショウはウサギのように目を赤くしたものの、決して眞鍋組の現状について漏らさなかった。どうも、緘口令《かんこうれい》が敷かれているようだ。

氷川は平穏を祈りつつ、白衣に袖《そで》を通した。


せわしない外来診察を終えた後、氷川は病院内の食堂で遅い昼食を摂《と》る。食堂内は閑散としていて、窓際のテーブルに老夫婦が何組かいるぐらいだ。スタッフはひとりもおらず、氷川が担当している患者も見当たらない。

サービスのコーヒーを飲んでいると、スーツ姿の上品な女性が近づいてきた。忘れようとしても、忘れられない女性である。日本有数の名取グループのトップに立つ名取満智子《まちこ》だ。彼女は外来診察を受けに来たわけでもなければ、患者の見舞いに来たわけでもないだろう。

「氷川先生、ご無沙汰《ぶさた》しております。少しよろしいですか？」

名取会長の穏やかな笑みの裏に何が隠されているのか、今の時点ではまったくわからない。できるならば関わりたくないが、名取会長を拒むことはできない。氷川は患者に接するように優しく答えた。

「おかけください」

名取会長は嬉しそうに微笑むと、氷川の真正面に腰を下ろした。ちょっとした動作も優雅だ。

食堂内に名取グループ関係者がいるのかいないのか定かではないが、ネクタイを締めたサラリーマン風の男性は見当たらない。

「氷川先生、その後いかがですか？」

安孫子《あびこ》絡みでインチキ占い師退治をしていたなど、わざわざ告げることもない。氷川は曖昧《あいまい》な笑みを浮かべた。

「可もなく不可もなく」

「清和さんと仲がよろしいようで何よりです。羨《うらや》ましい限りですわ」

食堂に諜報部隊に所属しているイワシが現れたので、氷川は単刀直入に切りだした。さっさと用件を聞いたほうがいい。

「今日はどうされたのですか？」

館山《たてやま》の別荘で名取会長と名取グループに決別宣言をしたのは氷川だ。名取グループのビッグプロジェクトからも眞鍋組は手を引いた。

「お願いがあって参りました」

名取会長は一呼吸置いた後、切々とした口調で続けた。

「もう一度、名取を信じてもらえないでしょうか？」

名取グループと手を組む、すなわち、名取会長の手下となって眞鍋組が働くことにほかならない。いや、命じる相手が名取会長ならばいい。問題なのは名取会長の跡取り息子である名取不動産の秋信《あきのぶ》社長なのだ。

どちらにせよ、氷川はすでに名取グループに対して堪忍袋の緒が切れている。祐のブチ切れ具合も凄《すさ》まじい。二度と名取グループに関わらせたくなかった。

「僕は組長代行から降りました。組に首を突っ込んでは怒られます」

氷川は部外者として躱《かわ》そうとしたが、名取会長にやんわりと阻まれた。

「今さらそのようなお言葉ではぐらかさないでくださいまし。氷川先生がどんな立場にいらっしゃるのか、初めてお会いした時にわかりました。眞鍋組には名取と同じ道を歩んでほしいと私は存じています」

名取グループの繁栄のために、眞鍋組の男たちがどれだけ手を汚すのか、氷川は考えたくもなかった。どんな報酬があっても、眞鍋の男を殺人機械にはさせない。

「それでは秋信社長を更迭してみたらどうですか？」

トントントン、と氷川は神経質そうにテーブルを白い指で叩いた。名取会長は優秀な経営者だが母親だ。絶対にできないだろうと踏んでいた。

一瞬、沈黙が流れる。

名取会長は伏し目がちに息を吐くと、膝《ひざ》に手を置いた体勢で深々と頭を下げた。

「かしこまりました。先生のご指示に従い、秋信を辞任させます」

一瞬、名取会長が何を言っているのかわからなかった。

「…………え？」

氷川が口をポカンと開けたが、名取会長は構わずに続けた。

「秋信を南米の支社に飛ばします。一から叩き直すつもりです。ですから、どうか、お時間をくださいまし」

名取グループの孫会社に送り込み、秋信を再教育するつもりらしい。嘘か、本当か、どちらかわからないが、名取会長の顔には並々ならぬ決意が漂っていた。演技だったらたいしたものだ。

「秋信社長は名取会長の後継者だと甘やかされてきたのでしょう？　手遅れだと思います。名取会長にできることは長生きです」

氷川が辛辣《しんらつ》な攻撃をすると、名取会長は泣きそうな表情を浮かべた。

「未熟な秋信にご立腹されるのはごもっともですが、あえて、お願い申し上げます。殺生は清和さんのおためにもなりません。佐々原《ささはら》にはまだ小さな子供がおりましたのに……」

名取会長はレースのハンカチを取りだすと、目頭に浮かんだ涙を拭《ぬぐ》った。

佐々原とは秋信の秘書で、諜報部隊にいたシャチの妹婿でもあった。氷川にとって許しがたい男のひとりである。

「はい？　殺生？　佐々原とは秋信社長の秘書ですね？」

氷川は佐々原と初めて会い、不覚にも拉致された時を思い出す。まさか、勤務先で攫《さら》われるとは思いもしなかった。素人《しろうと》のほうがやり方が汚い。

「つい先日、佐々原が交通事故で亡《な》くなりました。愛車のブレーキが故障していたそうです」

名取会長は押し殺した声で、佐々原の訃報《ふほう》を口にした。彼女の様子から単なる事故ではないと気づく。

想定されるところでは、清和の命により、佐々原は葬られたのであろう。車の細工にはタイでの事件の報復が込められているのかもしれない。

「……お悔やみ申し上げます」

氷川はやっとのことで言葉を返したが、声は思い切り裏返っていた。

佐々原の妻はシャチの妹で、夫婦仲はすこぶるよかった。シャチの妹はふたり目を妊娠中だ。最愛の夫を失ったシャチの妹の慟哭《どうこく》が氷川には想像できる。妹婿の佐々原と忠誠を誓っていた清和の板挟みになり、妹の幸せを願うあまり眞鍋組を裏切ってしまったシャチの苦悩も感じる。心が張り裂けるように痛んだ。

「佐々原の愛車のブレーキが故障していたなんて、私には信じられませんのよ」

名取会長に清和を咎《とが》めている気配はないが、静かな怒りを感じなくもない。

「タイで清和くんが乗車していた車が爆発したと聞いた時、僕も同じように思いました」

氷川がチクリと言い返すと、名取会長は暗い目になった。彼女は跡取り息子と佐々原がしでかした不始末を知っているからだ。

「秋信や佐々原がしたことは決して許されることではありません。私の不徳の致すところです」

名取会長は自分が先に謝罪して、氷川にも詫《わ》びを入れさせようとしているのかもしれない。そこで氷川から何かを引きだすつもりなのか。

「名取会長、回りくどいことはやめましょう。お忙しい中、僕の勤務先にいらしたわけをお聞かせください。僕に何を求めているのですか？」

百戦錬磨《ひゃくせんれんま》のトップに下手な小細工はしないほうがいい。

「先ほど申し上げた通り、もう一度名取を信じてほしいのです」

名取会長が頭を下げたが、氷川は軽く首を振った。

「名取と眞鍋は元に戻れないところまできてしまいました。僕の目から見ても眞鍋は名取会長に感謝し、尽くしていたと思います。その関係を終わらせたのは秋信社長の悪行ですよ。もう一度、秋信社長の最低ぶりを説明しましょうか」

秋信社長の責任は明確にしておく、と氷川はきつい目で勢い込んだ。あんな男が頂点に立つなど、名取グループの将来が危ぶまれてならない。

「わかっております。わかっておりますが、そこを氷川先生のお口添えでなんとかしていただきたいと……」

名取会長の静かな威圧感を、氷川は毅然《きぜん》とした態度で撥ね退けた。

「僕にそんな力はありません」

「眞鍋を動かせるのは氷川先生しかいないと思います。このままでは名取が潰れます……いいえ、日本を潰すおつもりですか?」

万が一、名取グループが泡と化せば、日本の凋落《ちょうらく》に拍車がかかるだろう。くどくど言われなくても、氷川にもそれなりに理解できる。

「日本は簡単に潰れても、名取はなかなか潰れないと思います」

氷川が皮肉っぽく微笑むと、名取会長は肩を落とした。

「何を仰っているのですか、私どもは海賊にはほとほと困り果てております」

海賊、という言葉に氷川は上体を揺らした。まかり間違っても、ショウが車中で口にしていた芦ノ湖の海賊ではないはずだ。

「……海賊？　ああ、名取グループの商船が海賊に襲撃されたと新聞で見ました。お見舞い申し上げます」

マラッカ海峡で海賊に襲われた被害額は二十億円を軽く超えるらしい。若い電気士と中年の機関士が海賊の銃によって死亡した。南シナ海でも海賊の襲撃を受け、商船ごと奪われている。

「清和さん、海賊とご交流がありましたのね」

名取会長の目に非難が混じり、ハンカチを持つ手が震えた。清和が海賊をけしかけていると思っているようだ。

「……清和くんが海賊と手を組んでいると仰るのですか？」

そんなはずはない、と氷川は心の中で反論した。

もっとも、どこで誰がどう繋《つな》がっているのかわからない。まして、眞鍋組には神出鬼没のサメがいる。以前、彼はフランスの外人部隊にいた。氷川にとって海賊は遠い存在だが、眞鍋組にはそうでもないのかもしれない。

今朝、馬鹿正直《ばかしょうじき》なショウは、海賊という存在に反応している。

「一口に海賊と申しましてもいろいろといます。貧しさから海賊行為を働く漁師、ゲリラの資金稼ぎによる海賊、シンジケート化した海賊、どの海賊も恐ろしいのですが、中でもシンジケート化した海賊は各国の闇組織《やみそしき》と関係を持つことが多いそうです。奪った積み荷を売りさばくのに必要なのでしょう」

「断っておきますが、眞鍋はマフィアではありませんよ」

眞鍋組を犯罪組織にはさせないと、清和やリキは奮闘していた。それなのに、秋信社長は清和に犯罪行為を命じた。ライバル会社のトップの抹殺指令など、眞鍋組はそう簡単に受けられない。

「存じております。清和さんはご立派な方です」

清和を称賛する名取会長の口調に淀《よど》みはない。彼女は誰よりも清和の実力を認めているひとりだろう。

「うちの男もヤクザですから海賊と関係があるかもしれません。ですが、名取グループを海賊に襲撃させるようなことはしないと思います」

そんなことができるなら名取に対してもっと強く出ていたはずだ、と氷川は心の中で続けた。

「では、どうして、こんなに名取の船ばかり狙われますの？　氷川先生と館山の別荘でお会いしてからですのよ？」

眞鍋組と手を切ってから、名取グループの船は海賊に襲われだしたらしい。相次ぐ海賊の襲撃に、名取会長はだいぶ参っているようだ。

「僕の専門は内科です」

訊く相手を間違えている、と氷川は暗に訴えた。多くの社員のためにも、名取会長には人間ドックを勧めたい。

「公にはしていませんが、実際に海賊に襲われた回数はもっと多いんです。被害総額は恐ろしくて口に出せません」

海賊に被害を受けても、船長に報告させない時もあったようだ。何しろ、被害報告書を作成するにも時間がかかる。官憲の取り調べに応じるために外国の港に長く留《とど》まったり、実況見分に立ち会ったり、難しい国際間の裁判につきあわされたり、どんな形であれ、海賊事件に関われば関わるほど貴重な時間を使い、想定外の出費がかさむことになる。結果、船主は損害額が増えるのを少しでも食い止めるため、泣き寝入りを決め込むのだ。これは名取グループに限った話ではない。

「海賊対策をしっかりなさってください」

世界の海は海賊の海、と嘆かわしくも揶揄《やゆ》されているのが現状だ。

「眞鍋組のお方に警備員として名取の船に乗ってほしいのです。次、大型タンカーが襲われたら名取はおしまいですわ」

名取商事のタンカーは名取《とど》グループ各社のための石油を中東から運ぶ。海賊被害に遭えば、名取商事の問題だけに留まらない。

「眞鍋はヤクザです。日本を代表する名取グループなのですから、警察に一言入れればいいのではないですか？　国は何をしているのですか？」

「海賊事件が大問題であるという認識がないのでしょう。国にかけあっても時間の無駄です」

一般人ならばいざ知らず、名取グループのトップの言葉は重いはずだ。氷川は疑いの眼で名取会長を見つめた。

「名取グループでもそうなんですか？」

「国際的な問題になると我が国は尻尾《しっぽ》を巻いて逃げます。政治家は椅子《いす》取《と》りゲームに興じるしか能がございません」

自国のあまりの腑甲斐《ふがい》なさに、名取会長は頭を抱えているようだ。

「警備会社にでも依頼されたらいかがですか？」

「氷川先生、お願いですから冷たいことを仰らないでくださいまし。すべてを水に流し、手を結んでください」

名取会長の目から涙がほろほろと流れ、氷川は困惑したものの、決して頷いたりはしなかった。

「眞鍋に名取会長のお気持ちを伝えます」

氷川は明言を避け、名取会長に引き取りを願った。勤務中、いつまでも食堂でのんびりしていられないからだ。

どうなっているの、と氷川は心の中で清和に問いかけた。

医局に戻り、書類を整理してから病棟に向かう。担当している入院患者をひとりずつ丁寧に診《み》て回《まわ》った。

入院のストレスでピリピリしている患者を優しく宥める。二十年前の受験の失敗を未《いま》だに悔いている男性患者にも穏やかに接した。

担当している入院患者をひととおり診終えた時、窓の外は夕暮れ色に染まっていた。廊下も窓から射し込《さ》《こ》む夕陽《ゆうひ》で茜色《あかねいろ》に染まっている。

ナースステーションの前にある喫煙所で、見舞い客のふりをしている眞鍋組の吾郎を見つけた。飲料水の自動販売機の前には缶コーヒーを手にしたショウがいる。名取会長の出現で焦ったのかもしれない。

佐々原殺しと海賊で、胸が鷲摑《わしづか》みにされたように痛くなる。そもそも、清和はビジネスで秋信に復讐《ふくしゅう》すると宣言していた。そんな荒っぽい仕方でやり返すとは思えない。もっとも、今、ここであれこれ考えても仕方がない。

氷川は心痛を振りきり、階段をゆっくり下りていく。ふと背後に人の気配を感じて振り返った。

「……正道《まさみち》くん？」

リキに焦がれている警察のキャリアが現れ、氷川は階段を踏み外しそうになったが、すんでのところで留まる。地味なスーツに身を包んでいても秀麗な外見は変わらず、どう見ても名を響かせた剣士とは思えない。

「先生、お久しぶりです」

正道の出現はトラブル勃発《ぼっぱつ》の狼煙《のろし》以外の何物でもない。以前、正道は高徳護国《たかとくごこく》流《りゅう》の使者として現れた。

「晴信《はるのぶ》くんがまた逃げたの？」

氷川が顔を歪《ゆが》めると、正道は印象的な目を細めた。

「高徳護国一門、総力を挙げ、次期宗主の逃亡を阻止しました」

正道はいつもと同じように表情も口調も冷たいが、言外から高徳護国一門の固い意志を感じ取る。

「お疲れ様でした」

氷川が感情を込めて労《ねぎら》うと、正道は軽く頭を下げた。

「桐嶋《きりしま》組長の助勢を止めて下さり、高徳護国の門弟として感謝いたします」

桐嶋と氷川の間で何があったのか、正道はきちんと把握しているようだ。礼を言われて、氷川は面食らってしまう。

「……うん、僕も晴信くんには温かい家庭を築いてほしいんだ」

「高徳護国一門の悲願です」

晴信でなければ、正道の目的は弟の高徳護国義信《よしのぶ》ことリキだ。氷川はまじまじと正道を見つめた。

「……で、とうとうリキくんに一服盛ったの？」

正道はリキを諦《あきら》めようとしても諦められず、紅蓮《ぐれん》の炎に焼かれている。薬で眠らして襲え、とかつて氷川は正道に薬を渡したことがある。医師としても人としてもあるまじき行為だが、相手が石頭のリキだけに、自分の言動は間違っていないと確信している。清和にも非難させたりしない。

「あれ以来、そのチャンスがありません」

警察のキャリアと眞鍋組の虎《とら》、そう簡単には会えない。第一、リキは正道と満足に話し合おうともしない。

「僕が盛ってあげようか？」

氷川はなんとも形容しがたい思いに駆られ、リキのコーヒーに薬を混ぜるシミュレーションを立てた。リシャール・ヘネシーに混ぜてもいい。自力で無理ならば、それこそ、桐嶋に手伝わせる。

「お心遣い、ありがとうございます。けれど、本日は別件で伺いました」

正道は口元を綻《ほころ》ばせたが、氷川は怪訝《けげん》な目で首を傾《かし》げた。

「晴信くんでもないし、リキくんでもない？　じゃあ、何があったの？」

正道を動かそうとしたら、青春のすべてをかけた高徳護国流、すなわち晴信かリキしかいないだろう。わざわざ明和病院にやってきた理由が、氷川にはわからなかった。リキにしか興味が持てなかったという正道は感嘆するぐらいクールだ。

「眞鍋組のことで伺いました」

「眞鍋組？」

氷川がきょとんとすると、正道は冷微笑を浮かべた。

「名取グループの圧力がかかり、警察の上層部は眞鍋組の二代目組長を逮捕しようとしています」

予想だにしていなかった言葉に、氷川の視界が闇に閉ざされた。驚愕《きょうがく》で指一本、動かせない。命を吸い取られた人形のように固まった。

「ご存じの通り、高徳護国宗主の次男が眞鍋組におります。警察にも検察にも高徳護国の門弟は多い。名取グループの圧力にそう簡単に屈したりはしませんが、名取不動産社長の舅《しゅうと》が大物の代議士で……先生、聞いていますか？」

正道に肩を揺さぶられ、氷川は自分を取り戻した。

「……うん、ちゃんと耳には届いている。名取グループの跡取り息子の舅は三鷹《みたか》代議士なんだよね？　三鷹代議士はすっごい腹黒の政治家なんだよね？」

シャチから聞いた名取グループの縁故関係は脳裏にしっかり刻まれていた。ほかにも政治家や高級官僚の令嬢と結婚した名取会長の血筋がいる。先の見えない大不況の中でも名取グループが生き残っている理由のひとつかもしれない。

「さようです」

正道は三鷹代議士を嫌っているらしく、嫌悪感《けんおかん》を隠そうとしなかった。潔癖な彼にしてみれば、私腹を肥やすしか能のない政治家は生ゴミに等しい存在なのだ。

「どうして、清和くんが逮捕されなきゃいけないの？」

清和は修羅《しゅら》の世界で戦い、その手は血に塗《まみ》れている。心ならずも人命を奪っているが、名取グループの圧力による不当な逮捕は許せない。

「眞鍋組の二代目など、逮捕しようと思えばいつでも逮捕できます」

幾つもの罪を犯しているでしょう、と正道は冷徹な目で清和の過去を指摘した。彼は正義を守らなければならない男だ。

「……名取グループの圧力？　いったい何？　税金泥棒がどうして名取グループの圧力に負けるの？」

氷川は感情を抑えきれず、正道のスーツの裾《すそ》を掴《つか》んだ。

「眞鍋組より名取グループのほうが税金を多く払っているからでしょう」

正道は氷川に身内が税金泥棒と言われても平然としている。スーツの裾を掴んでいる氷川の手も振り払わない。

「清和くんより名取会長のドラ息子を逮捕するほうが先でしょう」

氷川は下肢に力を込めて凄《すご》んだが、正道は憎たらしいぐらいあっさり流した。

「本庁の前で先生を拉致しない限り、難しいでしょう」

正道も秋信の非合法な手段は知っているらしい。氷川が勤務先で拉致され、監禁されたことを示唆した。だが、氷川に対する同情はいっさいない。それどころか、清和やリキの不手際を嘲笑《あざわら》っている気配があった。正道の正道たる所以《ゆえん》だ。

「そこをなんとかするのが正道くんの仕事だよ」

氷川は正道のスーツの裾をむちゃくちゃに引っ張る。つい先ほど、しおらしい名取会長と対峙《たいじ》しただけに腹立たしくてたまらない。あれはいったいなんだったのだ、と問い詰めたい気分だ。

「それは私の仕事ではありません」

正道は秀麗な鉄仮面を被《かぶ》ったまま泰然としていた。

「そんなことを言うなら、僕はこれから税金を払わないよ」

「先生が税務署に追及されるだけです」

正道の言う通り、自ら墓穴を掘っている時ではない。

「……うん、こんなことを言っている場合じゃないんだね。正道くん、教えてくれてありがとう……正道くんの立場が悪くならないといいんだけど」

氷川は危険を顧みずに密告してくれた正道にありったけの感謝を示した。スーツの裾から手を放す。

「警察と検察にいる高徳護国の門弟から頼まれただけです。お気になさらず」

名取グループの圧力に反感を持つ警察及び検察関係者は少なくはない。正道は何事もないかの如く流した。

「そうなの？」

「はい、もう一度、繰り返します。警察や検察に高徳護国の門弟は多く、名取グループの圧力にそう簡単に屈したりはしませんが、名取不動産社長の舅が大物の代議士です。遠からず、組長の逮捕状が出るでしょう」

正道は真摯《しんし》な目で迫りくるその日を口にした。秋信社長はしたたかに計算したうえで、生涯の伴侶を選んだようだ。愛だけでシャチの妹と結婚した亡き佐々原が純情に思えてしまう。

「どうしたらいい？」

氷川が打開策を探ると、正道は小声で呟くように言った。

「銃刀法違反の罪に問われないように気をつけてください」

眞鍋組の総本部や眞鍋第三ビル、眞鍋第一ビルや眞鍋第二ビルにも武器は密《ひそ》かに保管されている。警察に乗り込まれ、発見されたら終わりだ。腕のいい弁護士にしても庇《かば》いようがない。

「うん、武器を全部、処分させる。次の燃えないゴミの日に絶対……あ、ゴミとして出せない……」

氷川は武器の処理の方法につまずき、頬に手を添えて黙り込んだ。正道から武器の処理に関するレクチャーはない。

「名取グループへの報復をやめなさい」

正道はいつもよりトーンを落とした声できっぱりと言った。

「名取グループの報復？　海賊は清和くんの差し金じゃないでしょう？」

名取会長と清和の言葉が交互に氷川の耳に響く。新しい眞鍋組を構築しようと躍起になっている清和が、海賊を悪用するなんて信じられない。

「無関係とは思えません」

正道に尊大な態度で断言され、氷川から血の気が引いた。

「……そうなの？」

「名取グループの海賊対策に一番問題があるとは思うのですが」

正道はどこか遠い目で名取グループの杜撰《ずさん》な危機管理を指摘した。利益を追求するあまり、肝心なところに予算を充てない大企業特有の闇が巣食っているらしい。

「……う、うん、そうだよ、きっとそうだよ。悪いのは名取グループだよ」

氷川は明るい顔で眞鍋組から名取グループに責任を転嫁させる。もっとも、正道は同意してくれない。

「眞鍋組は秋信社長の秘書の佐々原を事故に見せかけて抹殺しました。報復はそれで充分なはず」

正道には正義を守らなければならない男としての怒りがこもっていた。心の奥では佐々原の命を奪った眞鍋組を法廷に引《ひ》き摺《ず》りだしたいのかもしれない。しかし、複雑なしがらみゆえに堪《こら》えている。

「眞鍋組が殺したっていう証拠があるの？」

氷川は正道の冷たい目に屈しなかったが、心の中は思い切り揺れていた。何度も愛しい男の名前を呟く。

「先生、眞鍋組は不夜城を牛耳っている極道です」

以前、正道はヤクザを人間のクズと断言した。面と向かって異議は唱えないが、氷川はリキを引き合いに出して言い返した。

「はい、正道くんが好きなリキくんはヤクザです。僕の清和くんの右腕です。リキくんがいないと眞鍋は回らない」

正道は氷川の辛辣な嫌みに少しもたじろがない。

「誰の指図か知りませんが、眞鍋組が不夜城のヤクザである以上、佐々原を殺さずにはいられなかったのでしょう」

攻撃されて黙っていたら、不夜城を狙う輩に侮られる。まして、相手は大企業とはいえ素人だ。おまけに、友好関係を結んでいた大企業だ。

「報復ならばどうして秋信社長を殺さない？」

とどのつまり、佐々原は秋信社長の部下にすぎない。狙うならば秋信社長のはずだ。氷川は釈然としない思いをストレートに告げた。

「名取会長への恩義のため、秋信社長の命は狙わない」

正道は古い極道の薫陶《くんとう》を受けた清和の性格を把握しているようだ。確かに、納得せずにはいられない。

「……もう」

氷川は言うべき言葉が思いつかなかった。どこに怒りをぶつけたらいいのかもわからない。

「先生、最後に確認します。名取グループへの報復を終わらせることです」

正道は思うところがあるのか、凛《りん》とした態度で念を押した。おそらく、名取グループの圧力が激しいのだろう。

「帰ったら速攻で清和くんに伝える」

氷川は決意を表すように大きく何度も頷いた。今すぐにでも飛んで帰り、清和と向き合いたい心境だ。

「組長が大事ならばそうなさってください」

話を終わらせるように、正道は一礼した。

「忙しいのにありがとう」

氷川は深く腰を折り、正道に心から感謝した。

「失礼します」

正道は階段を上がっていき、氷川は階段を下りる。眞鍋組の関係者が聞いていたのか聞いていなかったのか定かではないが、一刻も早く対処させなければならない。令状が出たらおしまいだ。

病院内を歩き続けても眞鍋組関係者から接触はなかった。

黄昏色《たそがれいろ》に染まった病院内も医局もいつもとなんら変わらないが、氷川はなかなか仕事に集中できない。

それでも、ミスはしなかった。

五時に仕事を終えて、ロッカールームに向かう。白衣を脱いでから、携帯電話でショウにメールを送信する。

舎弟を名乗る桐嶋からメールが届いていた。てっきり晴信に関する内容だと思った。けれど、メールの内容を見て愕然《がくぜん》とした。

「……姐さんの大事な男の命をいただきます。許してください……？　ど、どういうこと？」

真《ま》っ直《す》ぐな桐嶋と清和はいい関係を築いていたはずだ。氷川が組長代行に就任した時などは陰で尽力してくれた。第一、昨日、そんな様子はいっさいなかった。たった一日で何が起こってしまったのだろう。

「間違いメールかな？」

氷川は携帯電話を手にしたまま、ロッカールームから出た。白い建物を後にした時、氷川は桐嶋の携帯電話の着信音を鳴らす。

コール二回で桐嶋が応対した。

『姐さんの舎弟の桐嶋でござんす』

携帯電話越しに聞こえてくる桐嶋の声は普段と変わらない。氷川は携帯電話をしっかり持ちつつ、足早に待ち合わせ場所に向かった。

「桐嶋さん、間違いメールが送られてきたみたいなんだけど？」

氷川が躊躇《ため》いがちに切りだすと、桐嶋は申し訳なさそうな声で応《こた》えた。

『姐さん、すんまへん、姐さんの大事な男の命をもらい受けます』

どんな時でも冗談を飛ばす男だが、ネタがネタだけに本気に違いない。氷川は冷静に対処した。

「僕は冗談にしたい。冗談じゃないならば理由を聞かせてほしい」

名取グループの秋信社長が新しく顎《あご》で使える暴力団を探していても不思議ではないが、桐嶋組に白羽の矢を立てたとは考えたくない。桐嶋も秋信社長の命で清和を狙ったりしないだろう。

古巣である関西の暴力団との関係が復活したのか。

『藤堂《とうどう》に手を出さへんかったら、俺は姐さんがおる眞鍋組と敵対することはあらへん。手打ちの時に言《ゆ》うとる』

桐嶋は懸命に自分を抑え、言葉を選んで話しているようだ。姐である氷川への礼儀だろう。

「うん、僕も聞いていた」

『眞鍋が和《かず》、いや藤堂を眞鍋が見つけたんや。で、やってもうた』

憤懣《ふんまん》やるかたないといった風情《ふぜい》の桐嶋が氷川の瞼《まぶた》に現れ、清和の宿敵だったスマートな藤堂が過《よぎ》る。

桐嶋と清和は男と男の約束をした。仁義は守るはずだ。どんなに藤堂に煮え湯を飲まされたとしても。

「桐嶋さん、藤堂さんの遺体を見たの？」

氷川は電灯の前で最も重要なことを確認した。

『フィリピンでやられたらしいんや。遺体は確認できひんかったそうや』

桐嶋の返答に氷川はほっと胸を撫《な》で下《お》ろした。氷川は細い歩道から砂利道に入り、大きな楓《かえで》の木の前を進む。すでに送迎係のショウが待っている。

氷川は携帯電話を手にしたまま、ショウに挨拶代わりの会釈をした。ショウは無言で腰を折ると、後部座席のドアを開ける。

「いったい誰から聞いたの?」

氷川は黒塗りのベンツに乗り込みながら藤堂の訃報《ふほう》の情報源を尋ねた。情報の信憑性《しんぴょうせい》を知りたい。

『一流の情報屋』

自称・一流かもしれないでしょう、と氷川は心の中で桐嶋に突っ込んだ。顔をヒクヒクさせて名前を尋ねた。

「なんて名前?」

『木蓮《もくれん》ちゅう奴《やつ》や、眞鍋も知っとうと思うで?』

氷川は運転席に座ったショウに尋ねようとしたが思い留まった。ショウは一声もかけず、アクセルを踏んで発車させる。

すぐに氷川を乗せた車は空き地から車道に入った。

「桐嶋さん、その情報は嘘だと思う。ちょっと落ち着いて」

ショウにスピードを出すように、氷川は左手を盛大に振った。

何か察したのか、ショウはアクセルを踏み続け、あっという間に瀟洒《しょうしゃ》な高級住宅街を通り抜ける。

『姐さん、木蓮だけやない。ほかの情報屋も口を揃《そろ》えとるんや。俺、眞鍋の昇《のぼ》り龍《りゅう》のごっついのを忘れとったわ』

邪魔者は消せ、が清和の確固たる主義だ。その苛烈《かれつ》さは周知の事実で、氷川も否定はできない。

「桐嶋さん、僕が清和くんに問《と》い質《ただ》すから、もう少しだけ時間が欲しい」

氷川は清和が桐嶋との男の約束を破っていないと確信している。信じたいというところが氷川の本心だ。

『姐さん、今までよくしてもらいました。感謝しております。こんな幕引きを迎えるとは夢にも思わへんかったけど……許したってください』

桐嶋の覚悟をひしひしと感じ、氷川の背筋に冷たいものが走った。彼は伝説として語り継がれている花形極道の血を引いている。もしかしたら、父親以上に熱い血潮の極道かもしれない。

「桐嶋さん、何をする気？」

知《し》らず識《し》らずのうちに、氷川の声が掠れていた。

『俺も藤堂しかおらへんかったんで』

桐嶋がダイナマイトを腹部に巻き、眞鍋組に殴り込む姿が浮かんだ。生き延びる気はさらさらないに違いない。

「眞鍋組に乗り込んで自分も死ぬ気なの？　ちょっと待ちなさい」

氷川が真っ青になって声を張り上げると、運転席にいるショウは舌打ちをして、さらにスピードを上げた。

『姐さんの大事な男の命、奪って申し訳ありません』

氷川が言葉を返す前に携帯電話が切れた。慌てて桐嶋の携帯電話の着信音を鳴らしたが、応対してくれなかった。

「ショウくん、眞鍋組に早く行ってーっ」

氷川が泣きそうな顔で叫ぶと、ショウは振り返らずに答えた。

「姐さん、桐嶋組長がどうかしたんスか？」

「清和くん、藤堂さんを殺したの？」

氷川がきつい声で尋ねると、ショウの逞《たくま》しい肩が震えた。どうやら、だいぶ驚いているようだ。

「……え？　そうなんスか？」

振り返ったショウの目はキラキラと輝いていて、辺りには星が飛んでいる。ショウにとって藤堂の訃報は吉報だ。

「なんでそんなに嬉しそうなの？」

氷川が声を荒らげると、ショウは闘志を燃やした。

「藤堂は八つ裂きにしても足りない男っス」

ショウから積年の恨みを感じ、氷川は確かめるように尋ねた。

「その分だと藤堂さんは見つかっていないし、殺されてもいないんだね？」

「残念ながら」

藤堂抹殺を知らされていない可能性はあるが、ショウに嘘をついている気配はなかった。

とりあえず、なんとしてでも、目前に迫っている惨事を阻止しなければならない。

「桐嶋さんが眞鍋組に殴り込むのを止めて」

氷川は急かすように運転席の背もたれを叩いた。

「どうして桐嶋組長が眞鍋に殴り込むんスか？」

桐嶋に殴り込まれる理由に心当たりがないらしく、ショウは不思議そうにハンドルを左に切る。

後方には眞鍋組の構成員が乗ったバイクが走っていた。

「木蓮っていう情報屋に、藤堂さんが殺されたって聞いたんだって」

氷川が出した情報屋の名前に、ショウは口笛を吹いた。

「マジっすか？　木蓮はプロ中のプロっスよ？」

木蓮がトップクラスの情報屋と知り、氷川はいてもたってもいられなくなった。頭が爆発しそうだ。

「ショウくん、信号なんて気にしなくてもいいから、早く桐嶋さんのところに行ってーっ」

氷川の絶叫に負けたのか、ショウは赤信号でもブレーキを踏まなかった。猛スピードで最短コースを走り、あっという間に眞鍋組のシマに入る。人が行き交う繁華街に不穏な空気は流れていない。

「ショウくん、事故を起こさなきゃいいから早く」

ショウは氷川の指示通り、眞鍋組の界隈《かいわい》でも信号を無視する。真っ赤なフェラーリから耳障《みみざわ》りなクラクションを鳴らされた。

「はい、人を轢《ひ》き殺《ころ》さなきゃいいんスね」

不謹慎な言い草だが、ショウに悪気はいっさいない。

「僕が説得するけど、説得できなかったら腕力を使って桐嶋さんを止めるんだよ。怪我《けが》はさせないでほしい」

桐嶋が理性を失ったら、到底、氷川は抑え込めない。最後の手段を取るしかないのだ。

「わかっています」

「ショウくん、清和くんは総本部にいるんだね？」

氷川は今さらながらに清和の居場所を確認した。

「……ん、総本部か第三ビル、そこら辺じゃないんスかね？　俺、今日は一日、病院に張り込んでいたからわからねぇっス」

「そうなのか」

氷川が清和の携帯電話の着信音を鳴らそうとした時、視界に眞鍋興業ビルが飛び込んできた。直接尋ねたほうが手っ取り早い。

氷川は車から降りると、眞鍋興業ビルの入り口に立った。いつもと変わらず、なんの異変も感じられない。

「ここじゃないのかな」

氷川が入り口を開けた瞬間、男の低い呻《うめ》き声《ごえ》が聞こえてきた。背後にいたショウが即座に反応し、眞鍋興業ビルの中に勢いよく飛び込む。

「姐さん、下がってください」

氷川もショウに続き、後ろ手で入り口を閉める。

部屋住みの若い構成員が何人も床で倒れ、武闘派で鳴らした中年の極道が虎の剝製《はくせい》の前で白目を剝《む》いていた。元プロレスラーの構成員の意識もない。氷川はその場に膝をつき、構成員たちの容体を診る。誰も外傷は見当たらないし、命に別状はないだろう。血の臭いもしない。

「おい、どうした？」

ショウは木刀を握ったまま気絶している構成員を揺さぶった。

「……き……き……きり……」

構成員の一言からショウは秋田《あきた》名物を想像したようだ。

「きり？　きりたんぽか？　きりたんぽ鍋《なべ》？　きりたんぽ鍋がどうしたんだ？　お前も眞鍋の男なら根性を出せ」

氷川はショウの腕を引いて立ち上がらせた。

「ショウくん、退職を賭《か》けてもいいけど絶対にきりたんぽ鍋じゃない。桐嶋さんが殴り込んだんだ」

遅かったかと慄《わなな》いたが、まだ人命は奪われていない。清和や幹部が無事ならば、強引にでも丸く収める。

「殴り込んだわりには静かっスね」

壁にも床にもヒビは入っていないし、窓ガラスも割れていない。照明や物品の破損も見当たらなかった。第一、辺りに血飛沫《ちしぶき》が飛び散っていない。ショウにしてみれば殴り込まれたとは思えない状態らしい。

「ショウくんの殴り込みが派手なんだよ」

ハンコで押したように、ショウは決まって大型バイクで敵の総本部に真正面から突っ込む。

「姐さんには言われたくねぇ」

眞鍋組における最大要注意人物に対し、ショウはふくれっ面で舌打ちをした。

「僕だってショウくんには……ううん、桐嶋さんはどこにいるの？」

「殴り込まれたのならこっちじゃないっスか」

ショウと氷川が奥に進むと、案の定、廊下には組長室に進もうとする桐嶋を阻《はば》もうとする宇治がいた。ふたりとも血は流れていないが、それぞれ汗まみれだ。廊下には屈強な構成員たちが点々と転がっている。

「何をしているの、やめなさい」

氷川は威嚇するように廊下の壁を叩いた。

「……姐さん」

氷川の登場に桐嶋と宇治の動きはピタリと止まった。桐嶋は泣きそうな顔をしたが、宇治は安堵《あんど》の息を吐いた。

「桐嶋さん、清和くんは藤堂さんを殺していません。木蓮の情報は嘘です」

桐嶋は木刀も鉄パイプも手にしておらず、眞鍋組には素手で乗り込んでいる。いや、薄手のジャンパーの中が危ない。氷川はきつい目で桐嶋に近づき、彼のジャンパーのファスナーを下ろした。想像した通り、腹部に何本ものダイナマイトを巻いている。

「桐嶋さんの馬鹿っ」

氷川は桐嶋の頬をペチンとぶった。

すると、桐嶋は寂しそうな顔でポツリと言った。

「木蓮の情報はいつも正確なんや」

氷川は桐嶋の腹部に巻きつけていたダイナマイトを外し、傍らにいたショウと宇治に渡す。

桐嶋はされるがまま、微動だにしない。どんな時でも氷川には従順な可愛《かわい》い舎弟だ。

「サルも木から落ちます。フィリピンは日本とは勝手が違います。木蓮も今回は偽情報を摑まされたようですね。偽情報を鵜呑《うの》みにして桐嶋さんに伝えてしまったのでしょう」

桐嶋は単純単細胞の名をショウと張り合っているが、さすがに氷川の真っ赤な嘘には気づいたようだ。

「姐さん、あてずっぽうを言っとるな」

「暴力を使わなくても、桐嶋さんがいらしたら清和くんはお会いします。逃げたりしないはずです」

氷川が宇治に視線を流すと、生真面目な兵隊はコクリと頷いた。

「はい」

桐嶋が野獣のような目でいきなり乗り込んでくるから、条件反射の如く、眞鍋組も臨戦態勢を取った。正確に言えば、取らざるを得なかったのだ。それだけ、眞鍋組も神経を尖らせている。

「宇治くん、清和くんは組長室なの？」

氷川が組長室を白い指で差すと、宇治は額の汗を手で拭いながら答えた。

「総本部にはいません」

一瞬、なんとも言いがたい沈黙が流れた。

桐嶋は口をあんぐりと開け、その場に固まっている。ぶはっ、とショウが吹きだして沈黙を破った。

「総本部に清和くんがいないのに桐嶋さんは殴り込んだの？」

氷川は呆気に取られて、宇治から桐嶋に視線を流した。

「……あれ？　なんで眞鍋の組長は総本部におらへんのや？」

桐嶋は清和が総本部にいると思い込み、爆発物を相棒に単身で乗り込んだらしい。桐嶋組の金看板を背負っていても、依然として猪突猛進《ちょとつもうしん》の単細胞だ。無鉄砲の極みなんてものではない。

そんな桐嶋を氷川はいやというほど知っている。

「桐嶋さん、だから、君は……」

氷川が詰《なじ》ろうとした時、桐嶋の携帯電話に連絡が入ったようだ。桐嶋は携帯電話を取りだし、メールの内容を見る。

「箱根におるんかいな」

木蓮から清和の居場所に関する情報が届いたらしい。眞鍋組の二代目組長は神奈川県の箱根にいるようだ。

「箱根？」

氷川は桐嶋の携帯電話を覗《のぞ》き、箱根の強羅《ごうら》駅にいる清和とリキのメールに添付された写真を見た。箱根と一口に言っても広いが、強羅は観光名所のひとつである。箱根の玄関口である箱根《はこね》湯本《ゆもと》温泉郷に次いで旅館やホテル数が多く、日本随一の斜面を登る箱根登山電車と箱根登山ケーブルカーの接続駅であった。

「箱根で新しい商売でも始めるんか？」

桐嶋は清和の箱根行きを仕事絡みだと考えている。かつて藤堂が箱根でホテル経営に乗りだそうとしていたからかもしれない。

「名取グループの保養所が箱根にあったよね……っと、この女性は誰？」

清和の隣にはメガネをかけた若い女性がいる。なかなか美人だし、夜の蝶《ちょう》の雰囲気がない。よく見ると、清和もリキもスーツを着込んではいない。まさしく、観光客のような服装だ。

「女？　そりゃ、女ぐらいどこにでもおるやろ」

桐嶋はなんら問題にしていないが、氷川は軽く流せなかった。

「木蓮はこの女についてなんて言っているの？」

氷川は桐嶋の鼻先に携帯電話を突きつけた。

「そんなコメントはついとらへん」

「ショウくん、清和くんの隣にいる女は誰？　なんで箱根なんかにいるの？　箱根って温泉だよね？　この女と温泉に入っていちゃつくの？　僕の知らないところで？　明日と明後日《あさって》、僕は久しぶりの休みなんだよ。どうして僕と行かずに、こんな女と箱根に行くの？　許せないーっ」

氷川は激情に任せて罵《のの し》ると、ショウに手渡したダイナマイトを二本、強引に取った。

「あ、姐さん、何をする気ですか？」

ショウが下肢を震わせながら尋ねると、氷川は夜叉《やしゃ》のような形相で答えた。

「僕も箱根に行く」

氷川は手にダイナマイトを持ち、仁王立《におうだ》ちで言い放った。色香と迫力が混ざり合い、一種独特のムードを醸しだしている。

ズルリ、とショウは廊下に崩れ落ちた。

「……あ、あ、あ、姐さん……こ、こ、こ、こ、こ、こ、これはたぶん……これは……」

ショウは廊下にへたり込んでしどろもどろに言い淀《よど》んだが、宇治が氷川の背後にそっと回り、白い手から二本のダイナマイトを奪った。彼はそのまま氷川から猛スピードで離れる。

「宇治くん、それぐらい僕にも作れるから」

氷川はダイナマイトを奪った宇治に微笑むと、桐嶋に向かって力強く宣言した。

「桐嶋さん、さぁ、箱根に行くよ」

すでに氷川の脳裏には清和とメガネをかけた女しかいない。眞鍋組総本部を訪れた用件も忘却の彼方《かなた》だ。

「姐さん、お供します」

桐嶋はお辞儀をして、氷川に恭順の意を示す。

「ショウくん、留守番をお願いね」

氷川は廊下に座り込んだままのショウに挨拶をすると、桐嶋を連れて眞鍋組総本部を出る。

「……あ、あ、あ、あ、あ、あ、あ、姐さん？　姐さん？　頼むから行かないでくれ

〜え」

世にも物悲しいショウの声が微《かす》かに聞こえたが、氷川は固い意思で無視した。桐嶋も振り返らない。

運よく、最寄り駅から箱根湯本行きの特急電車に飛び乗った。

留守番を命じられたショウを筆頭に眞鍋組の構成員たちは、氷川の剣幕に怯《おび》えたのか、追ってはこなかった。ただ、べつの車両には影の諜報部隊に所属しているイワシが乗っていた。

3

電車内で桐嶋《きりしま》は宥《なだ》めるようにやんわりと氷川《ひかわ》に声をかけた。

「ま、姐《あね》さん、二代目の浮気はありえへんからそんなに心配せんでもいいで」

「じゃ、どうして僕の清和《せいわ》くんのそばにあんな女がいるの？」

氷川の嫉妬心《しっとしん》はとどまるところを知らず、地球をぐるりと一周し、とうとう爆発したようだ。

「この世は男と女しかおらへんのや。二分の一の確率で二代目の隣には女がおる」

桐嶋は人好きする笑顔で、明快な理論を展開した。

「箱根《はこね》だよ？　ビジネス街じゃなくて一大観光地の箱根なんだよ？　若いカップルから定年後の夫婦まで遊びに行く箱根なんだよ？　復活愛のカップルも不倫カップルも隠れて行く箱根なんだよ？」

江戸《えど》時代以前から開かれていた箱根七湯と呼ばれる温泉は、日本のリゾート地の草分け的な存在の宮ノ下《みやのした》温泉、天保《てんぽう》十一年に編纂《へんさん》された温泉番付で東前頭二枚目に挙がった芦之湯《あしのゆ》温泉、鎌倉《かまくら》時代から湯治場《とうじば》として栄えた箱根湯本温泉、堂ケ島《どうがしま》温泉、木賀《きが》温泉、底倉《そこくら》温泉、塔之沢《とうのさわ》温泉などがある。江戸時代以後に開湯された温泉を加え、近代は箱根十七湯と呼ばれる豊富な温泉を誇っている。雄大でいて美しい自然、旬の素材を使った美味《おい》しい食事、大小合わせて二十以上の美術館や博物館、まるで夢を集約させたような場所だ。妻子持ちの同僚医師が不倫相手を連れていく高級ホテルや高級旅館も箱根には多い。

「幽霊と暴走族の聖地やな？」

桐嶋と氷川の箱根に対するイメージはだいぶ違うようだ。氷川は首を左右に大きく振った。

「幽霊と暴走族？　そんなのは知らない」

「走り屋のレースがあるところやと思ったんやけどな？　ちゃうのかな？」

「走り屋？　うちのショウくんみたいな子のこと？」

走り屋がいかなる輩《やから》か知らないが、なんとなくニュアンスで感じ取る。大型バイクを自在に乗り回す眞鍋《まなべ》組の特攻隊長が氷川の眼底に浮かんだ。

「ショウちゃんは走り屋じゃなくて暴走族やろ。走り屋と暴走族はちっとばかしちゃうで。走り屋は暴走族と一緒にされるのいやがっとうで」

「どっちにしろ、親不孝だね」

氷川がズバリ言うと、桐嶋は楽しそうに頰《ほお》を緩ませた。

「確かに、親不孝やろなぁ」

「ヤクザが一番親不孝だと思うけど」

「そうやな」

さしあたって、清和に会う前に体力を消耗するわけにはいかない。氷川は目を静かに閉じ、神経を緩ませようとした。

もとより、清和の隣にいた女性のせいで気は休まらない。精神も身体《からだ》もピリピリしたままだ。

「……浮気じゃないよね、絶対に浮気じゃないよね、浮気されても別れられないって知っていて女の子と遊んでいるのかな……清和くんは僕と別れる気はないはずだから……清和くん、どうして箱根なのっ」

口に出したつもりはないのに、はっきりと氷川の口から漏れていた。それに対して舎弟分の桐嶋の返事はない。

「箱根の名水を使った手打ちそばに豆腐料理か、芦《あし》ノ湖《こ》やったらワカサギかニジマスやな、大涌谷《おおわくだに》やったら黒いカレーに黒いゆでたまごに地獄つけ麺《めん》に黒いケーキに黒い饅頭《まんじゅう》に黒いバウムクーヘンや。女を連れとったらランチやティーは美術館がええな。なかなか使えるところやんか」

桐嶋は携帯電話で箱根について調べている。地図や交通網を見た後、興味はもっぱら箱根グルメのようだ。

「清和くん、箱根の強羅《ごうら》なんて……箱根強羅公園があるんだよね。君に日本で初めてのフランス式庭園を見せたかったんだ、とかいう決めゼリフを女の子に言う気？　君がいると薔薇《ばら》が綺麗《きれい》に見えない、とかローズガーデンで女の子に囁《ささや》くの？　薔薇みたいな君が好きだ、とか言ってカフェで薔薇のシフォンケーキを食べる気？」

　妻子持ちの同僚医師が狙《ねら》っていた独身女性を箱根強羅公園に連れていき、通称『箱根版トレヴィの泉』と呼ばれている噴水の前や異国情緒溢《あふ》れるブーゲンビレア館など、いたるところでキザに徹したという。独身女性は呆気《あっけ》ないぐらい簡単に落ちたらしい。

　話を聞いた当時、氷川は妻子持ちの同僚医師の手管にひっかかった独身女性の気持ちがわからなかった。

「強羅、強羅か、強羅には美味《うま》そうなトンカツ屋がある。手打ちそばも親子丼《おやこどん》もギョーザも美味そうな店があるんやな。行列ができる豆腐かつ煮の店は要チェックや。カツサンドもええな」

「清和くん、僕とまともにデートもしてくれないくせに……」

　それぞれの思いを乗せた特急電車は、終点の箱根湯本駅に到着する。氷川は特急電車を降り、同じホームにある強羅行きの箱根登山電車に足を向けた。

　だが、桐嶋に腕をやんわりと摑《つか》まれ、止められてしまった。

「姐さん、総本部から連絡がいったんやな。ダーリンのお出迎えや」

　桐嶋の視線の先、薄手のセーターに黒いジャケットを羽織《はお》った清和がいる。少し離れたところにはリキとメガネをかけた女性がいた。なんというのだろう、その場所だけ微妙に空気が違う。

「清和くん、どういうことっ」

氷川が清和めがけて一目散に走りだすと、メガネをかけた女性が慌てて寄ってきた。

「姐さん、俺です」

メガネをかけた女性が氷川の前に立ちはだかる。

しかし、頭に血が上っている氷川は、メガネをかけた女性の声が耳に入らない。一歩も動かない清和に向かって言い放った。

「清和くん、僕がいるのにどうして女の子と遊びに行くの。僕は死んでも別れてあげないよっ」

清和は木偶《でく》の坊《ぼう》のようにつっ立ったままだが、代わりにメガネをかけた女性が氷川を宥めようとした。

「姐さん、落ち着いてください。二代目は姐さん一筋です」

氷川は清和から目の前にいる女性に視線を流した。だいぶ身長が高く、氷川は見上げなければならない。若い女性には珍しく、イヤリングは黒真珠だ。ベージュの手袋をしているので、左手の薬指に指輪をしているのかどうかはわからない。女性に気前がいいという清和は、ダイヤモンドぐらい贈っているのだろうか。

「君は知らなかったのかな？　清和くんは僕のものだ。僕は清和くんがよだれ掛けをしておむつをしていた頃から知っている。おむつを替えたこともある。僕、清和くんと別れる気はないからね」

僕から清和くんを奪おうとしたら、そこで君の人生は終わりだよ。僕は医者なんだよ。いくらでも方法はあるんだよ、と氷川は陰鬱《いんうつ》な目で続けた。

ふたりの関係が深みにはまっているのか、深みにはまっていないのか、見当はつかないが、清和を奪えばどうなるのか、若い女性に教えておかなければならない。誰よりも命の尊さを知っている医師だが、愛《いと》しい男が関《かか》わるとすべての理性が吹き飛ぶ。

「俺をよく見てください」

メガネをかけた女性が必死になって腕を回すと、隣にいた桐嶋は楽しそうな顔で指を鳴らした。

氷川に怯《おび》えているのか、清和とリキは一言も口を挟まない。

「君、さっさと清和くんを諦《あきら》めなさい。まだまだ若いんだし、いくらでもいい人が見つかります。医者でよければ、紹介しますよ。どういうタイプが好きですか？」

誰に押しつけるか、氷川はめぼしい独身医師を脳裏に並べた。爽《さわ》やかな二枚目の外科医やクールな美男子の整形外科医、祐《たすく》に夢中になっている小児科医までぐるぐるとメリーゴーラウンドの如《ごと》く駆け巡る。

「姐さん、こいつはちんちんがついとうで」

桐嶋が豪快に笑いながら言うと、メガネをかけた女性はコクコクと頷《うなず》いた。そして、コート越しに自分の股間《こかん》を指した。

「俺にはフルセットでついています。眞鍋組の卓《すぐる》です。わかりませんか？」

よく聞いてみれば、知っている声だ。氷川はまじまじと目前に立つ女性を眺めた。マフラーを巻いているので喉仏《のどぼとけ》は確認できない。ベージュのコートでわかりづらいが、肩幅は女性にしては広い。あまり極道の匂《にお》いがせず、学生風の卓ならばメイクや服装で女性に化けられるかもしれない。

「……………………卓くん？」

氷川は清和が目をかけている構成員の名前を口にした後、青みがかったピンクの口紅が塗られている唇をじっと見つめた。なりきっているのか、卓からは普段しない甘いコロンの香りもする。

「はい、卓です。今回、私用で二代目にご面倒をかけております。すみません」

卓は深々と腰を折ったが、女性の動作ではない。常日頃、眞鍋組の構成員たちが氷川にする礼儀正しいお辞儀だ。

「卓くん、そういう趣味があったの？」

氷川が素《す》っ頓狂《とんきょう》な声を上げると、卓は顔を真っ赤にして左右の拳《こぶし》を固く握った。

「趣味じゃありませんっ」

女装趣味でなければなんだ、と氷川ならではの思考力がフル回転した。

「君も僕の清和くんが好きだったの？」

髪の毛の長い卓はどことなく可憐《かれん》で、男の女装だとは思えない。普段のシャツとジーンズ姿の卓がスカートで霞《かす》んでしまった。

「二代目に命を捧《ささ》げていますが、そっちの気持ちはまったく持っていません。マジに胸が悪くなるんで勘弁してください」

卓は自分の胸を手で押さえ、清和に対する恋情を否定した。全身から生理的嫌悪感《せいりてきけんおかん》が滲《にじ》みでている。

桐嶋は喉の奥で楽しそうに笑っていたが、清和を深く愛している氷川は納得できなかった。

「僕の清和くんにキスしたくないの？　今の卓くんならばどこでも清和くんにキスできるよ」

大柄な清和の隣にいれば、卓は充分女性に見える。傍目《はため》には若いカップルにしか見えないだろう。駅の構内でも堂々とキスが交わせる。

「食ったモンを全部吐きそうになるようなことを言わないでください」

卓は気色悪そうに顔を歪《ゆが》め、下肢を大きく震わせた。女装していることを完全に忘れている。

もっとも、駅のホーム付近に人影はない。

「どこで何を食べたの？」

氷川が真剣な目で訊《き》くと、卓はつられたように答えた。

「箱根湯本でステーキ」

「どうして箱根にまで来てステーキを食べるの？　お豆腐とか湯葉とか山芋とかおそばとか？　美味しそうな店がいっぱいあるでしょう」

氷川は信じられないといった風情《ふぜい》で卓を詰《なじ》った。清和の耳にも届いたのか、何げなく氷川から一歩下がる。

「ここでそんなことを言うんですか？」

卓はずり落ちそうなメガネをかけなおした。

「当たり前でしょう。清和くんの健康が心配だから」

清和の浮気の心配の後は健康だ。愛しい男のこととなると、氷川の気持ちは目まぐるしく変化する。

「二代目は健康より姐さんが原因の心労のほうが大きいと思います……いえ、寒くありませんか？」

卓が心配そうに言った通り、東京と箱根の気温はまるで違う。特に箱根は昼夜の寒暖の差が激しく、秋の夜は冬のように寒かった。

「うん、寒いね」

氷川が肌寒さを実感して身体を震わせると、卓は自分の首に巻いていたマフラーを外した。そして、優しい手つきで氷川の首に巻く。

氷川は卓の男の証明である喉仏をじっと凝視した。自分でもわけがわからないが、女装姿の卓の喉仏から視線が逸《そ》らせない。

「ここではなんですから行きましょう」

卓は二階にある改札口に続くエスカレーターを手で示した。

「どこに行くの?」

「芦ノ湖です。話はそれから」

確かに、駅のホームですむ話ではない。桐嶋はいつもとなんら変わらないが、清和に対する疑念と殺意はまだ捨てていないだろう。

氷川は桐嶋に注意しつつ、エスカレーターで二階に上がり、改札口を出た。すでに駅構内の土産物屋やカフェ、総合案内所は閉まっているし、切符売り場に人はいない。清和やリキ、桐嶋といった一際《ひときわ》目立つ男たちは人の視線を気にせず進めた。

箱根湯本駅の構内から階段で地上に下り、車道に停《と》められていた黒いクラウンで芦ノ湖に向かう。運転手は卓で助手席には桐嶋が座った。後部座席は氷川を挟むように清和とリキがいる。

眞鍋組のトップと腹心は置物のように一言も口にしない。

「姐さん、舌を嚙《か》まないでくださいね」

卓はハンドルを右に切りつつ、氷川に注意を促した。

箱根は急なカーブが多く、乗り物酔いしそうだ。そのうえ、暗いし、霧が深い。野生動物が飛びだしてくるのか、都心では見られない『動物注意』なんていう看板まである。氷川は卓の運転技術を感心せずにはいられなかった。

「卓くん、よく運転できるね」

「俺、箱根出身なんですよ」

卓が箱根出身と聞き、氷川は妙に納得した。

「なるほど」

「祐さんは乗り物酔いしました。気分が悪くなったらそこのキャラメルでも食べて……いえ、少しでもおかしいと感じたら、我慢せずに言ってください。酔ってからのほうが大変ですよ」

車は大きく左に寄った後、派手に右に傾く。ほっそりとした氷川の身体も左右に揺れたが、清和とリキはどっしりと構えている。

ショウならば喜び勇んでバイクを疾走させるだろうが、乗り物酔いに強い人間でも箱根の山は危険かもしれない。

「うん、僕は乗り物酔いは結構平気だと思うんだけど……祐くんは酔ったの？」

氷川は線の細い策士について尋ねると、卓は忌々《いまいま》しそうに答えた。

「きっちり酔いました」

箱根の険しい山道に酔ったのに、祐は痩《や》せ我慢《がまん》をして、なかなか言いださなかったらしい。例によって、目的地に到着した途端、祐は倒れ込んだ。卓だけでなく清和が慌てたのは言うまでもない。

「祐くんも芦ノ湖にいるの？」

清和にリキ、参謀の祐まで箱根にいたら、眞鍋組の本拠地が手薄になる。清和の義父が目を光らせているが、仁義や義理を重んじる化石にも似た極道だけに、どこまで効果があるのかわからない。今、ここで氷川が思いあぐねても仕方がないのだが、組長代行としての経験が新たな懸念の種を植えつけた。

「はい、祐さんは酔って倒れて……いい機会だから静養したほうがいいと思います」

箱根は祐の静養先としては最適かもしれない。

「祐くんはどうしてそんなに無理ばかりするのかな」

主治医としては祐に仕事を控えさせたい。リキとはまた違った苦行を積んでいるような気がしないでもなかった。

「姐さん、他人《ひと》のことは言えませんよ」

「祐くんと一緒にしないでほしい」

「綺麗な顔をしている男のほうが頑固なんですかね？」

道中、声を出したのは氷川と卓しかいなかった。桐嶋は最初から最後まで車窓に視線を注いだまま、会話に入ろうとはしない。清和やリキもだんまりを決め込み、重々しいムードが流れていた。

霧に包まれた瀟洒《しょうしゃ》な邸宅の前で、氷川を乗せた車は停まる。

「霧で何も見えない」

氷川が感嘆したように漏らした瞬間、足元にあった石で転びそうになる。隣から伸びてきた清和の大きな手に支えられ、辛《かろ》うじて転倒は免《まぬか》れた。

「足元、気をつけろ」

清和の低い声が霧に包まれた夜に響く。

「うん、ありがとう」

氷川は清和の腕に摑まって、二階建ての建物に入った。玄関のドアが開き、青白い顔の祐が現れる。

「芦ノ湖にようこそ」

祐は悠然と出迎えたものの、清和と卓の双眸《そうぼう》は曇った。寝ていろ、と清和が祐に怒鳴っているような気がする。

「祐くん、起きていていいの？」

氷川は靴を脱ぎながら、祐の顔を医師の目で観察した。だいぶ、無理を重ねているのだろう。

「姐さんがいらっしゃるとなればおちおち寝ていられません」

祐は二階にある寝室で静養を取っていたものの、ショウからの涙混じりの報告に飛び起きたそうだ。

即座に清和とリキは女装姿の卓を連れて箱根湯本駅に向かった。強羅までは行かせたくない。なんとしてでも、箱根の玄関口で食い止めたかったのだ。

「また入院したいの？」

氷川は威嚇するように壁を指で叩いた。

「麗《うるわ》しの白百合《しらゆり》次第です」

祐も氷川に張り合うように、壁を指で叩く。

「入院する？　箱根で湯治もいいかな？」

「姐さんもご一緒ならば喜んで」

氷川と祐は嫌みを言い合いつつ、先頭を行く卓に続いて、玄関から向かって右にあるリビングルームに進んだ。ライトといい、壁紙といい、テーブルといい、ソファといい、サイドボードといい、どこか古きよき時代を感じさせる。電話台にある電話もレトロなダイヤル式だ。

大きな窓の向こう側から突風の音が聞こえてきた。

「凄《すご》い風だね」

風に家が飛ばされそうな恐怖さえ感じてしまう。

「箱根が山だと実感します」

「うん、箱根は山だね……っと、清和くんと桐嶋さんは？」

氷川が振り返ると、背後に続いているとばかり思っていた清和と桐嶋はいなかった。いつの間にかリキもいなくなっている。

祐はにっこりと微笑《ほほえ》み、ソファに座らせようとする。

「むさ苦しいのはほっておきましょう。まず、箱根名物でお茶でも飲みましょうか。お茶も紅茶もコーヒーも美味いですよ」

テーブルには箱根名物というロゴが刻まれたケーキの箱が置かれていた。魚のすり身団子やがんもどき、笹《ささ》かまぼこや明太子入りのかまぼこやシソ入りのかまぼこ、梅干しや干物もある。一貫性がまったくないが、これが男のセレクトかもしれない。当然のように箱根の地酒が床にまでズラリと並んでいる。

卓がリビングルームの奥にあるダイニングキッチンに入った。どうやら、お茶の用意をしている。

卓と祐に引き止められていると氷川は気づいた。

「僕はお茶を飲みに来たんじゃないんだ」

氷川は祐を振り切って、リビングルームを出た。直感で玄関から向かって左の部屋に飛び込む。

その場で愕然《がくぜん》とした。

こともあろうに、万華鏡《まんげきょう》のコレクションが陳列された部屋で、清和と桐嶋はお互いがお互いに銃口を向けていたのだ。すでに殴り合った後なのか、清和と桐嶋の頰には殴打の跡がある。

リキは大砲によく似た形の万華鏡の前で腕組みをしていた。己が仕える主人に加勢する気配はない。

「姐さん、男の世界に口を挟まないでください」

祐が氷川の肩を後ろから優しく抱き、万華鏡のコレクションルームから出ようとする。つい先ほどまで、祐が氷川の注意を逸らせようとしていたのだろう。清和と桐嶋、男同士の決着は当人たちでつけたほうがいいからだ。

「ちょっ……ちょっと待ちなさい」

氷川は万華鏡のコレクションルームから出ず、殺気を漲《みなぎ》らせている桐嶋と清和の間に進

んだ。

祐は腕ずくで氷川を止めようとはしない。

桐嶋が拳銃を隠し持っていたなど、氷川は夢にも思わなかった。清和もセーターの下に拳銃を隠し持っていたらしい。ふたりとも修羅の世界で生きる極道だと、今さらながらに実感する。

「清和くん、銃刀法違反だよ、僕の舎弟に何をするの」

氷川は清和に凄んだ後、桐嶋に視線を注いだ。

「桐嶋さん、僕の可愛《かわい》い男になんてものを向けるの。そんな物騒なものはしまって、まずは話し合おう」

氷川は切々と訴えたが、桐嶋の焦点は清和に定められたままだ。同じく、清和の銃口も桐嶋の急所を狙っている。

何かのきっかけさえあれば、どちらも平気でトリガーを引くだろう。

「眞鍋の、男と男の約束、忘れてへんな？　アルツハイマーにはちっと早いで」

桐嶋が皮肉混じりに切りだすと、清和は淡々とした様子で答えた。

「ああ」

「藤堂《とうどう》に手を出したら、いくら姐さんの男でも許さへんで」

桐嶋が威嚇するように床を蹴《け》ると、清和は険しい顔つきで頷いた。

「わかっている」

「木蓮《もくれん》、バカラ、一休《いっきゅう》、情報屋が三人も揃《そろ》って笑えへん情報を運んできたんや。三人も揃ったら確かやで」

木蓮にしろバカラにしろ一休にしろ、その世界では名前の知れた情報屋だ。情報の信《しん》憑性《ぴょうせい》も値段に比例して高い。

桐嶋が一際激しい殺気を発散すると、清和は口元を軽く緩めた。

「それで総本部に乗り込んできたのか」

「話が早いな」

桐嶋はニヤリと不敵に笑ったが、清和はどこか遠い目をした。おおかた、単純単細胞の冠《かぶ》を被る眞鍋組の鉄砲玉を思い出しているのだろう。

「ショウと話しているような気がする」

氷川には清和の気持ちが痛いぐらいよくわかる。桐嶋とショウは同じ種類の人間で、無計画や無鉄砲という言葉がついて回った。

「姐さんにも言われたわ」

桐嶋が豪快に笑い飛ばすと、清和は凛々《りり》しい眉《まゆ》を顰《ひそ》めた。

「うちの先生を泣かすな」

清和の言い草に、桐嶋は精悍《せいかん》な顔を醜く歪めた。

「あんな、眞鍋の、もうちっとほかに言うことがあるやろ。藤堂をどないしたんや？」

「藤堂のほうが上手《うわて》だ。情報屋を攪乱《かくらん》している」

清和が忌々しそうに言うと、桐嶋は馬鹿《ばか》にしたように鼻で笑った。

「一流のプロが三人も藤堂に騙《だま》されたんか？」

いくら藤堂でも組長時代ならばいざ知らず、潜伏中の身で一流のプロを三人も騙せるとは思えない。桐嶋の意見は至極当然だ。

「名取《なとり》グループの情報操作も入ったはずだ」

名取グループを口にした清和の目は恐ろしいぐらい冷酷だった。

氷川は祐の美貌《びぼう》が曇ったことに気づく。

「名取グループ、なんや、俺に眞鍋をやらせたいんやな」

桐嶋はこの時初めて己が名取グループの駒《こま》になっていることを察したようだ。ピリピリとした殺気が少し弱まる。

桐嶋とは裏腹に清和のギスギスした殺気は増大した。清和本人、桐嶋の前で自分を抑える気もないようだ。

「秋信《あきのぶ》社長の秘書からコンタクトがあったんだろう？」

秋信社長は東月会《とうげつかい》の代わりに桐嶋組を使う気だったらしい。すでに桐嶋に打診をしたようだ。

よりによって、どうして桐嶋に打診するのか、氷川は秋信社長の汚さが腹立たしくてたまらなかった。

「俺が秋信社長の手先になって眞鍋に殴り込むわけないやろう」

見損なうな、と桐嶋は言外に匂わせている。

「今日、乗り込んできたのは誰だ」

清和が冷徹な目で指摘すると、桐嶋は口元を緩めた。眞鍋組総本部に強引に押し入ったのは紛れもない事実だ。

「ホンマに藤堂を殺していないんやな？」

桐嶋は射るような目で清和を真っ直《ます》ぐに見つめた。

「ああ」

清和はいつもと同じ無表情で答えた。

間違いなく、清和はまだ藤堂を発見していないし、抹殺してもいない。けれども、本心では藤堂を殺したくてたまらないようだ。氷川は明確な清和の殺意を感じて慄《わなな》いてしまった。清和くん、どうして、と。

「姐さん、ダーリンは嘘をついていませんか？」

桐嶋から探るような目で尋ねられ、氷川は大きく頷いた。

「清和くん、嘘はついていない。藤堂さんを見つけてもいないし、殺してもいないよ。だから、拳銃をしまって」

桐嶋が発砲したら、そこで終わりだ。氷川は清和の心情は口にせず、事実を甘い声で告げた。嘘はついていない、と。

「ほんでも、藤堂を見つけたらやる気やろ？」

桐嶋も清和の本心に気づいたらしく、一歩踏みだし、拳銃を構えなおした。

「そんな先のことを今から考えるな」

清和は抑揚のない声で答えたが、どうにもこうにも誠意が感じられない。なんというのだろう、藤堂への積年の恨みが強いのかもしれない。また、藤堂の実力を知っているだけに、警戒心が強くなるのだろう。

「眞鍋の、俺は藤堂のために今のうちに眞鍋をなんとかせなあかんのかな？」

藤堂と桐嶋の絆《きずな》は固く、何者にも断ち切れない。一度、藤堂から離れて後悔しているだけに、桐嶋にすれば余計にその思いは強いのだろう。桐嶋は藤堂のためならば自ら業火に焼かれることとさえ厭《いと》わない。

「そんな力があるのか？」

清和が挑発するように言うと、桐嶋は真剣な顔で究極の選択をした。

「俺は名取グループも秋信社長も好かんが、藤堂の命には代えられへん。眞鍋がその気なら、俺は秋信社長と組む」

桐嶋の宣戦布告を聞いた瞬間、氷川はハンマーで頭部を殴られたかと思った。痛いなんてものではない。

「そんなに死にたいとは思わなかった」

清和がトリガーを引こうとしたので、咄嗟《とっさ》に氷川が無理やりそれを奪った。間髪《かんはつ》を容《い》れず、桐嶋の拳銃もひったくる。

「没収っ」

氷川はふたつの拳銃を持ち、清和と桐嶋を交互に眺めた。何があろうとも、この場でこのふたりを争わせたりしない。

眞鍋組と桐嶋組のトップは引き際だと察したのか、お互いに視線で休戦を結んだ。ふたりとも氷川には頭が上がらない。そもそも、氷川が顔を出した時点で休戦は決まっていたのだろう。

氷川は大きな深呼吸をした後、冷静に語り始めた。

「今日、名取グループの名取会長が病院に来ました。名取会長はもう一度、眞鍋と手を組みたいそうです。その後、警察のキャリアが来ました。名取グループから圧力がかかり、清和くんを逮捕するのも時間の問題だとか？　清和くんと桐嶋さんが争っている場合じゃないよ」

すでに清和も桐嶋も知っている情報なのか、ふたりは無言でコクリと頷いた。

「銃刀法違反で逮捕する気みたい。ふたりとも危険物はすべて処理しようね」

「姐さん、チャカは燃えるゴミには出せへんからな。せめて燃えないゴミにしとこうな」

桐嶋が軽快な口調で冗談を飛ばしたので、氷川はふわりと笑った。

「桐嶋さん、それは言われなくてもわかってる。箱根の山は埋めるのにちょうどいいかもしれないね」

氷川が武器の処理法について暗示すると、桐嶋は清和に向かって手をひらひらさせた。

「眞鍋の、姐さんの顔に免じて今回は引かせてもらう。でも、藤堂になんかしたらマジにやるで？　覚悟しいや」

桐嶋の口調は明るいが、目は笑っていなかった。確かめるまでもなく本気だ。

「桐嶋組の組長が鉄砲玉じゃ話にならない。もう少し考えてから行動しろ」

清和は心の底から無謀な桐嶋を案じているらしい。桐嶋組には桐嶋の暴走を止められる構成員はひとりもいなかった。

「可愛くない奴やな。その調子でサツから逃げるんやで」

けっ、と桐嶋がほざくと、清和は腕を組み、高飛車《たかびしゃ》に言い放った。

「秋信社長の誘いを断ったのなら、桐嶋組にもサツの手が伸びるぞ」

清和の忠告がわからないほど、桐嶋は愚かではない。桐嶋組に襲いかかる危機を予想したのか、ポリポリと頭を掻《か》いた。

「ヤバイかな？」

「ああ」

清和と桐嶋のやりとりを聞き、氷川の怒りが燃え上がった。

「秋信社長、許せない」

「……ま、姐さん、頼りにしていた秘書をやられて、秋信社長もビビっとるんやろ。小物や」

桐嶋が壺《つぼ》の外観をした万華鏡を触りつつ、秋信社長の心情を口にした。佐々原《ささはら》の事故死がきっかけらしい。

「せ、清和くん、秋信社長の秘書の佐々原さんを殺したの？」

氷川が細い声で非難すると、清和は無言のまま押し黙った。

「殺したんだね？　どうして？」

氷川は清和の冷たい目から佐々原の死の真相を読み取る。やはり、清和の命で佐々原は抹殺されたのだ。

「姐さん、愚問やで。男の顔に泥を塗られて、黙っとったら眞鍋はおしまいや」

つい先ほどまで清和に銃口を向けていたのに、桐嶋はきっちりと眞鍋組を庇《かば》う。清和は軽く口元を緩め、リキは切れ長の目を細めている。祐は携帯電話を眺めつつ、意味深な笑みを浮かべていた。

「桐嶋さんまで何を言っているの」

「カタギの姐さんに手を出したんや。その時点で覚悟はしとうはずやで？　覚悟もしてへんのに秋信社長と秘書は姐さんに手を出したんか？」

俺だって舎弟分として許せへん、と桐嶋は闘志を燃やしている。

「僕は無事だったから」

「そんなのは関係あらへん。今回、お灸《きゅう》を据《す》えとかんと、ナメられて、次から次へと敵がやってくる。ナメられたら終わりやで」

桐嶋の含蓄ある言葉に清和やリキ、祐といった男たちが同意するように相槌《あいづち》を打つ。ドアの前で様子を窺《うかが》っていた卓も切なそうな顔で頷いている。

祐は携帯電話を手に桐嶋に声をかけた。

「桐嶋組長、六郷会《ろくごうかい》と揉《も》めていますね？　組長不在の今、桐嶋組のシマは危険です」

眞鍋組のシマを狙っている六郷会は、桐嶋組のシマにも色気を出していた。ことあるごとにつついているらしい。

桐嶋が成り行きで桐嶋組の看板を掲げた時、すぐに跡形もなく消えてなくなると誰もが予想した。だが、桐嶋はその男っぷりで桐嶋組を回している。

「帰るか」

桐嶋が呑気にあくびをしたので、祐は呆れ顔で現実を突きつけた。

「終電は行ってしまったのでは？」

「祐ちん、いけずせんと電車を走らせてぇな」

桐嶋は年季の入った主婦のような手つきで祐の肩を叩いた。なかなかサマになっている。

「無理です」

祐が意地悪で最終電車を発車させたわけではない。

「じゃ、ガソリン満タンの車を貸してくれへんか？」

「今から帰るつもりですか？　眞鍋から手勢を出しますが？」

桐嶋を敵に回したくないのか、祐は眞鍋組の構成員を貸しだそうとした。恩を売っておきたいのかもしれない。

「これくらいで眞鍋の手を借りたら男が廃《すた》る」

桐嶋はイキのいい啖呵《たんか》を切った後、氷川と清和に深々とお辞儀をした。

「そんじゃ、下がらせていただきます」

祐がリビングルームのテーブルにあった箱根名物を手渡すと、桐嶋は屈託のない笑顔を浮かべる。

「別嬪《べっぴん》さん、サンキューでっせ」

「桐嶋組長、小田原《おだわら》まで俺が送ります」

霧が深い夜の箱根の山を危惧《きぐ》したのか、可憐な女装姿にもかかわらず、卓が運転手に志願した。

清和やリキも視線で卓が送ることを桐嶋に勧めている。

「かわいこちゃん、サンキューでっせ」

桐嶋は箱根土産を抱え、卓とともに風のように去っていった。

騒がしい男がいなくなると、一気に静かになる。窓の外から聞こえてくる風の音が、やたらと耳についた。

「なんてタフな男なんだ」

祐は桐嶋の底の知れない体力と行動力に舌を巻いた。桐嶋の十分の一でも体力があれば、祐は無敵の男だったはずだ。

「桐嶋さんにもうちょっと計画性があれば」

氷川も感嘆せずにはいられないが、どうしたって、桐嶋の無鉄砲ぶりが怖い。祐の頭脳を少しでもいいから分けてあげたい。

「姐さん、それ、姐さんには芦ノ湖から恐竜が現れても言われたくありません」

祐の言葉に清和とリキは憮然《ぶぜん》とした面持ちで頷いた。憎たらしいぐらいのチームワークだ。

「清和くんが女の子と強羅にいるって聞いたら、強羅に飛んでくるに決まっているでしょう」

氷川は清和への愛を主張したが、祐には鼻で笑い飛ばされてしまった。

「姐さんがいるのに二代目が浮気するわけないでしょう」

「清和くん、モテるから」

清和は素人女性《しろうとじょせい》も玄人女性《くろうとじょせい》もまんべんなく魅了した。氷川にすればモテない理由が挙げられない。

「二代目は気の毒なくらい操《みさお》の固い旦那《だんな》ですよ」

「清和くんにその気がなくても女の子が迫っているのかと思った。リキくんまでそばにいたから何かの義理かなんかで相手にしなきゃ駄目なのかと……うん、清和くんは……うん、うん、うん、でも、どうして卓くんは女装しているの？」

氷川が素朴な疑問を口にすると、祐は花が咲いたように微笑んだ。

「箱根では眞鍋が誇る虎《とら》と龍《りゅう》がワル目立ちするので卓を女にさせました。明日からふたりは並ばせないことにします」

祐は清和とリキを交互に指で差した後、氷川に向きなおった。

「さて、姐さん、仕事の後に箱根までやってきて、お疲れでしょう？　今夜は温泉にでも浸かって休んでください」

祐に指摘されたからというわけではないが、落ち着いたら、一気に疲労が押し寄せてきた。無理をして倒れる前に休んだほうがいい。卓の女装の理由はほかにあると気づいていたが、あえて問い詰めなかった。

「温泉が近くにあるの？」

「この家には温泉がついているんですよ」

祐に促されるまま、氷川は風呂場《ふろば》に進む。

小さいながらも源泉かけ流しの温泉に浸かり、氷川は身体の芯《しん》まで温まった。いいお湯だとしみじみ実感する。

それから、二階にある部屋のベッドで清和とともに横たわった。強行軍で疲れているはずなのに眠気はまったくない。

「清和くん、僕はいろいろびっくりした」

氷川は愛しい男の横顔にそっと語りかけた。

「俺もだ」

「海賊とお友達なの……お友達じゃない、海賊と組んでいるの？」

氷川は心に突き刺さっている棘《とげ》について言及せずにはいられない。清和の逞《たくま》しい胸に触れた。

「……明日には帰れ」

答えたくないらしく、清和はぶっきらぼうに言い放った。心なしか、清和の身体に緊張が走った。

箱根で何かあることは間違いない。

「清和くん、帰るのならば清和くんもリキくんも祐くんも一緒に」

氷川が腹を据えて清和から読み取ろうとした。

「…………」

清和は留年が決まった時の医学部の先輩のような顔をした。苦悩に悲哀が満ち溢れている。

「清和くん？　どういうことなのか、説明してほしい」

考えれば考えるほど胸が痛くなってくる。氷川は自分を落ち着かせるように大きく息を吸った。

「……疲れているんじゃないのか？　祐みたいに倒れないでくれ」

話題を逸らすためではなく、清和は本心から氷川の身体を心配していた。

話し合いたいことは山ほどあるが、疲労が溜《た》まっていることは確かだ。今夜は控えたほうがいいだろう。氷川は自分から言い出したが引いた。

「そうだね、明日にしようか」

「頼むから早く寝てくれ」

清和の切羽詰まったような顔を見て、氷川は目を閉じた。

羊を数えて眠ろうとしたが、どうにもこうにもむしゃくしゃしてもやもやする。考えだしたら止まらなくなって、加速装置でもついたかのように暴走してしまう。

「清和くん、木蓮の写メにあった女の子は本当に女装した卓くんなんだね？　浮気を隠すために卓くんに女装させたんじゃないね？」

いったいどこからそんな考えが出てくるのか、と清和は意表を突かれたらしく、目を大きく見開いた。

「………」

氷川は清和の顎先に軽くかみつく。

「僕を騙そうとしても無駄だよ」

「先生以外に誰もいない」

誰よりも大切な男が愛を誓ってくれるが、どういうわけか、氷川の昂《たかぶ》った感情は静まらない。

「僕以外に触らせていないね？」

氷川はいてもたってもいられなくなって、清和の股間に手を伸ばした。手加減なしに揉《も》み扱《しご》く。

「触るな」

清和は凜々しい顔を歪め、氷川の手を拒もうとした。もっとも、氷川は清和の股間から手を放さない。

「どうして僕にそんなことを言うの？」

氷川は長い睫毛《まつげ》に覆われた綺麗な目をゆらゆらと揺らす。愛しい男の分身を確かめるように手に力を込めた。

「いいから、触るな」

「これは僕のものなんだから僕の自由にしていいんだよ」

無意識のうちに、氷川のしなやかな指は清和の雄々しい分身を育てていた。当然、清和の苦悩に気づいていない。

「煽《あお》るな」

清和は氷川から視線を逸らし、宿敵を睨《にら》みつけるような顔つきで白い壁を睨んだ。

「もう、なんか、どう言ったらいいのかわからないけど、僕も霧でもやもやしているみたいだけど、清和くんが好き、本当に好き、おかしくなるぐらい好きなんだ」

氷川は言葉にならない気持ちを込めるかのように、清和の分身を力の限りぎゅっと握り締めた。

「知っている」

「こんなに好きにさせて、どうしてくれる？」

氷川自身、どうすることもできない。八つ当たりにも似た言葉が、上品な唇から炸裂《さくれつ》する。

「…………」

「誰にも渡さないから」

箱根の夜は荒れまくる氷川と風とともに更けていった。

4

翌朝、氷川《ひかわ》が目覚めた時、隣に清和《せいわ》はいなかった。ベッドの脇《わき》の小さなテーブルに用意されていたセーターとジーンズに着替える。少し大きいが、不格好ではない。

二階にはほかに三部屋あり、それぞれドアは閉じられていた。隣の部屋のドアノブを回すと、カギはかかっていない。

広々とした部屋の中央にセミダブルのベッドがあり、けやき材のチェストや棚が壁際に置かれている。モスグリーンのベンチにはシャツやジーンズがジャケットとともに無造作に積まれていた。精巧な細工が施されたデザインのダストボックスの前には靴下とキャラメルの空箱がポツンと落ちている。

氷川は人の気配がする一階に下り、リビングルームを覗《のぞ》く。

たった一夜で、大正《たいしょう》時代のロマンが流れていたリビングルームは、眞鍋《まなべ》組の支部になっていた。いや、諜報部隊《ちょうほうぶたい》率いるサメの最前線基地だ。ノートパソコンやデスクトップパソコンが何台も運び込まれ、テーブルには精密機器が載せられている。イヤホンを耳につけた男がモニター画面に見入っていた。

「姐《あね》さん、おはようございます」

イワシやマグロ、シマアジといった諜報部隊の面々が、サメと申し合わせたかのようにいっせいに朝の挨拶《あいさつ》をする。

氷川は不気味な迫力に押され、咄嗟《とっさ》に挨拶ができなかった。戸惑っていると、サメが手を高く掲げてゲキを飛ばした。

「いいか、本来ならば俺たちは箱根《はこね》にいるわけにゃいかないんだ。けど、姐さんに知られたからには箱根に乗り込まねぇわけにはいかん。さっさと終わらせるぞっ」

サメの悲愴感《ひそうかん》が込められたかけ声に、諜報部隊の面々は悲痛な面持ちで反応した。

「わかっていますっ」

「姐さんなんだ、姐さん、姐さんなんだからっ」

「姐さんがいるから芦《あし》ノ湖《こ》は霧も凧も凄《すご》いんだっ、姐さんがいるからこれからまだ何か起きるかもしれないっ」

「姐さんがいるなら何も起こらないほうがおかしいんだ。野郎ども、覚悟しやがれっ」

イワシとマグロは土色の顔で見つめ合い、両手を合わせていた。なんともいえず、気味が悪い。

氷川が現状を把握できずに当惑していると、背後から祐《たすく》が昨夜にもまして青白い顔でゆらりと現れた。

「姐さん、おはようございます。早速、これからの姐さんのご予定について話したいと思います」

祐の背後には、黒いセーターを着た清和とベージュのワンピースに身を包んだ卓《すぐる》が立っていた。昨夜にもまして卓は可憐《かれん》で可愛《かわい》らしい。アイシャドウはラメ入りの水色でチークはベビーピンクだ。甘いコロンの香りも漂わせている。

「はい？」

氷川はきょとんとして祐に対峙《たいじ》した。

「姐さんが取るべき予定はふたつにひとつ」

祐は氷川の前に指を二本立てて選択を迫った。

「まずは第一、このまま東京に帰ること」

何も聞かずに帰ってくれ、という祐の願いがひしひしと伝わってきた。清和も鋭い目で帰宅を促している。

氷川は意地悪く清和の頬《ほお》を指で弾《はじ》いてからふたつめの選択肢を尋ねた。

「第二は？」

「第二、姐さんの大事な男と一緒に箱根観光だけすること」

核弾頭根性を出さずに普通の観光客として楽しく回ってください、という祐の注意を感じ取る。

「いったい何？」

氷川は清和から真相を読み取ろうとしたが、察した祐に阻まれてしまった。

「姐さん、くどくど言わせずにお願いします。東京に帰っておとなしく……おとなしく待っていて……核弾頭には無理かな？」

祐は途中まで言いかけたが、わざとらしいぐらい大きな溜《た》め息《いき》をついた。同調するように、サメは頭を抱え込んでいる。イワシとマグロは泣き真似《まね》をした。

「清和くんはどうするの？」

氷川が清和の予定を聞くと、祐は書類を眺めて唸《うな》った。

「微妙なところです。ミッションの進め方次第では明日にも東京に帰っていただきたいが。二代目とリキさんは目立ちすぎるし、観光客にもなりきれない。箱根でサツに声をかけられるなんてよっぽどですよ」

清和にしてもそんなに眞鍋組のシマを空けられない。また、外国人が訪れる観光地でも清和とリキは異常に目立つ。眞鍋組が誇る竜虎《りゅうこ》は根本的に明るい土地が合わないのかもしれない。

「箱根で何があるの？　名取《なとり》グループの保養所があるよね？　保養所で羽を伸ばしている名取グループの誰かに何かするの？」

強羅《ごうら》には名取グループのほかにも企業の保養地が点在していた。日々、己を律して生きている人間でも、旅先では開放的な気分になる。ポロリと社外秘を漏らす可能性も高いかもしれない。美人局《つつもたせ》にも簡単にひっかかってくれるかもしれない。眞鍋組は何かを狙って、箱根を訪れたのだろうか。

「姐さん、妄想を滾《たぎ》らせないでください」

祐は妄想だと吐き捨てたが、諜報活動をしている男たちは低く呻《うめ》いた。おそらく、身に覚えがあるのだろう。間違いなく、旅行先は狙《ねら》い目《め》だ。

「昨日、病院に名取会長と正道《まさみち》くんが来たこと、知っているんでしょう？　僕が平気でいられると思う？」

名取会長と正道が勤務先に現れた時点で、氷川はすでに部外者ではない。般若《はんにゃ》の顔で力むと、サメがチーズ入りの笹《ささ》かまぼこを手に割って入った。

「姐さん、今回の箱根の理由は卓です」

サメの視線の先にいる卓は頭を下げていた。清和を筆頭に眞鍋組の諜報部隊は、卓に同情の視線を注いでいる。誰ひとりとして卓を非難していない。

「……卓くん？」

氷川が声をかけても、卓は顔を上げなかった。

「姐さんのことだから東京でも箱根でもおとなしくしてくれないと思う。事実を話したほうがいい」

サメが観念したように言うと、清和と祐は苦虫を嚙《か》み潰《つぶ》したような顔で頷《うなず》いた。

「姐さん、卓と二代目と一緒に朝メシでも食ってきてください。箱根のメシはどこも美味《うま》い。詳細はそこで」

サメに言われた通り、氷川は女装した卓と清和とともに食事に向かうことにする。コンセプトは観光客だ。ただひとり、清和が観光客になりきれないが、ズボンのポケットに箱根観光マップを突っ込んでそれらしく演出する。どこまで効果があるのか、わからないけれども。

「うわっ」

玄関のドアを開けた途端、氷川は突風と霧に驚愕《きょうがく》する。庭らしきものも、門らしきものも、濃い霧の中では見当がつかない。

「姐さん、気をつけてください。二十メートル先は見えません」

卓が先頭に立ち、門まで進んだが、ワンピースの裾《すそ》のまくれ方が半端ではない。どんなに可愛くても、ワンピースの中が見えたら男だと発覚してしまう。もっとも、今、その注意をする余裕はない。

「二十メートルどころか全然……朝……ってもう十時前じゃなかったっけ?」

「これが山の天気、特に箱根は霧が出ることが多いんです。ついでに風も強いので、傘を差しても無駄です。傘の骨が折れやすい日です。車はこっちです」

まるで嵐《あらし》の中を進んでいるようだ。

「……す、凄いね。清和くん、迷子にならないでね。僕の手を離しちゃ駄目だよ」

氷川は何よりも大切な清和の大きな手をぎゅっと握った。こんな霧の中ではぐれたら、二度と可愛い男に会えないような気がしたのだ。

清和は一言も反論せず、氷川と手を繋《つな》いでいる。

「清和くん、怖くないから大丈夫だよ。諒《りょう》兄ちゃんがついているからね。清和くんはちゃんと諒兄ちゃんが守ってあげるからね」

氷川は氷川なりに清和を慰めたつもりだったが、言うまでもなく無用だ。それでも、十歳年下の男は無言で流した。

白とも薄い灰色とも言いがたい世界の中、氷川は洒落《しゃれ》た造りの門に向かって転ばないように慎重に進んだ。

けれど、よく見ると前に卓がいない。目前にあるのは大きなテラコッタの植木鉢や洋犬の置物だ。ちょうど霧が薄くなっているところ、右方向に卓の姿を見つけた。

「姐さん、そっちじゃありません。こっちです」

卓が手を振りつつ、大きな声を張り上げた。

「……う、うん、わかった」

卓に先導されなければ、霧の世界で迷っていたかもしれない。車に乗り込み、瀟洒《しょうしゃ》な邸宅を後にする。

ただただ霧の威力に脱帽だ。

霧で飛行機が欠航するのを実感した。

「姐さん、朝食は何がいいですか？　この時間だと開いている店が限られているんですが」

目を凝らし、近づいていくと、白い霧の中に日本情緒が漂う飲食店や旅館が見える。箱根特産の寄せ木細工を取り扱う店や土産物屋は開いているが、箱根らしい趣《おもむき》のそば屋や日本料理店はまだ開店前だ。

「ステーキと焼き肉以外ならいいよ」

氷川は問答無用で清和の大好物を排除した。

「わかりました」

氷川たちを乗せた車は芦ノ湖付近の飲食店の前に停《と》まった。広々とした二階に上がり、見晴らしのいい窓際《まどぎわ》のテーブルに着く。時間帯のせいか、悪天候のせいか、紅葉の季節で土曜日だというのに、ほかに客はひとりもいなかった。

三人揃《そろ》って芦ノ湖名物のワカサギフライを注文する。清和と卓はカツカレーも大盛りで頼んだ。

「普段、霧が晴れていたらここから芦ノ湖が見えるんですよ」

卓は窓の外に広がる白い世界の本当の風景を説明した。

「ここから芦ノ湖が見えるの？」

氷川がどんなに凝視しても、窓の外にはもやもやとした霧しか見えない。

「はい、今日は天気が悪いから海賊船は運航していません。せっかくの土曜日なのに」

卓から故郷愛を感じ、氷川は頬を緩ませた。

「卓くん、箱根が好きなんだね」

「生まれ育った土地です」

卓は照れくさそうに言ったが、どこか哀愁を感じてならない。氷川の隣にいる清和は口を結んでいる。

「生まれ育った土地をどうして素顔で歩けないの？」

氷川がズバリ切り込むと、卓はウイッグの先を摘《つ》まんだ。

「気づいていましたか？」

「そりゃ、その姿を見たら……」

卓に女装趣味がなく、罰ゲームでもないのならば、自ずと答えは決まっている。生まれ故郷で素顔を晒《さら》したくないのだ。学生風の卓が極道の世界に足を踏み入れることになった理由が故郷にあるのだろう。

「変装だったら何も女装でなくてもいいんですよ。これは祐さんのいじめです」

姐さんには見られたくなかった、と卓は肩をがっくり落としてうなだれている。命を捧《ささ》げている二代目姐に対しては、いつでも男でいたかったのだ。

「スポーツジムのインストラクター事件以来？　祐くんにネチネチといじめられているんだね？」

卓が祐の攻撃の的になる原因は明白だが、清和を筆頭に誰も口が挟めないらしい。祐の逆鱗《げきりん》に触れたくないからだ。

「はい、俺はインストラクターに運動を止められなかったんで」

著名人も通う会員数の多いスポーツジムで、インストラクターが運動を止めた人物は祐が初めてだ。ひょっとしたら、最初で最後になるかもしれない。

「卓くんは悪くないと思う」

「俺もそう思います。ただ、今回、二代目および眞鍋にご足労をかけた責任は俺にあります。申し訳ありません」

卓が改めて頭を下げたので、氷川は慈愛に満ちた笑顔を浮かべた。

「話してくれるの？」

ここまできたら理由を聞かずにはいられない。眞鍋組の周囲が物騒だと、わかっているからなおさらだ。

「ナメられたら終わり、姐さんにはぜひにでも聞いてほしい」

卓はどこか遠い目で過去を語りだした。眞鍋組ではただの『卓』で通しているが、本名は石渡《いしわたり》卓、旧家、石渡家出身だ。

　実父の名前は石渡長慶《ながよし》、金にならない無名の書道家だが、先祖から受け継いだ土地や資産で働かなくても暮らせた。実父自身、働いて稼ぐ気はさらさらなかった。昨夜、泊まった芦ノ湖の邸宅は、数年前までは石渡家の別荘だったものだ。

　実母の名前は石渡佳乃《かの》、旧姓は潮田《しおだ》、名家の令嬢がそのまま大きくなったようなおっとりとした女性だ。

　卓は強羅の石渡家で生まれ、何不自由なく育った。両親はひとり息子である卓を溺愛《できあい》したし、箱根に点在している親戚《しんせき》にも可愛がられ、気心の知れた友人も多く、この世に悪が存在するなど、知らなかったという。

　卓が高校一年生の時、アジサイが箱根登山電車を彩《いろど》っていた梅雨《つゆ》、実父が交通事故で亡《な》くなってしまった。慣れ親しんだはずの箱根の山道でハンドルを切り損ねたのだ。例年より霧が深く、風のきつい夜だった。

　実父の死ですべてが一気に崩れだした。

　実母の佳乃は嘆き悲しみ、悲嘆にくれる毎日だったという。実父の弟、つまり卓の叔父である石渡長広《ながひろ》が陰になり日向《ひなた》になり支えた。実母の実家である潮田家も世間知らずの母と子を守った。

　卓は実母の佳乃と一緒に石渡家を背負っていくつもりだった。一年間、高校生の卓は佳乃を支えて過ごした。貯金の利息で暮らしていけるので生活には困らない。父が生きていた時と同じように、芦ノ湖の別荘に泊まったり、伊豆《いず》の別荘に泊まったり、熱海《あたみ》の別荘に泊まったり、鎌倉《かまくら》の別荘に泊まったり、小田原《おだわら》のマンションに泊まったり、佳乃のために気分転換もしたそうだ。

それなのに、佳乃は長広の大学時代の友人である甘粕茂実《あまかすしげみ》と再婚してしまった。ことあろうに、茂実が婿養子として石渡家に入ってきたのだ。

事前に卓にはなんの相談もなく、寝耳に水の再婚だった。けれど、どんなに反対しても、すでに遅かった。何しろ、叔父の長広が再婚を勧めたのだから。

茂実には娘の瑠奈《るな》がいて、卓と同《おな》い歳《どし》だった。瑠奈の誕生日のほうが二ヵ月早く、卓にとっては義姉になる。

そこまで卓が話した時、三人分のワカサギフライが運ばれてきた。氷川は朝っぱらから油ものが食べられるか心配だったが、不思議なくらいスルスルと喉《のど》を通る。芦ノ湖名物だと思っているからこそ食べられるのかもしれない。

清和は豪快にワカサギフライに食らいついていた。

「オフクロの再婚は青天の霹靂《へきれき》っていうか、夢にも思っていなかったんでびっくりしました。死んだオヤジを思って泣いてばかりいましたからね」

今でも怒りが大きいのか、卓は険しい顔つきでワカサギフライを口に放り込んだ。母親の再婚に荒れる息子は珍しくない。再婚相手が嫌いならば当然だ。

「僕はなんとも言えない」

お母さんも寂しかったのかな、と氷川は亡き夫を想《おも》って嘆きながらも再婚した卓の母を想像した。誰かに縋《すが》らないと生きられない女性は多い。息子がいても寂寥感《せきりょうかん》は埋まらないと耳にした。

おそらくは、次から次へと男を替えた清和の母親も寂しかったのだろう。今ならそう思える。

「まぁ、オフクロの落とし方は簡単です。気が弱いというか、おとなしいというか、天然というか、優しいというか、強引に押されたら流されてしまう女なんですよ。きつい言葉も言えないいんです」

長広に再婚を強く勧められ、茂実には情熱的に口説かれ、挟み撃ちされた形になった佳乃は拒めなかったらしい。

『どうしてこうなったのかわからないのよ』

母親から再婚の報告を聞き、卓の怒りが爆発した。

『自分の再婚だろ？　いやなら断れ。再婚する気はない、迷惑だ、二度と顔を出すな、ってちゃんと言え』

拒絶のセリフを教えたが、佳乃はうっすらと涙ぐんだ。

『言えない』

女はおとなしく優しくいつも腰を低く、男より三歩下がって歩け、ケンカをするな、我慢しろ、と佳乃は子供の頃から骨の髄まで叩《たた》き込《こ》まれている。女性蔑視《じょせいべっし》とも見られがちな昔ながらの女性教育を受けているのだ。

『どうして言えないんだ？』

『お母さん、きつい言葉を言えないの知っているでしょう』

佳乃はひたすら優しい母親だが、事が事だけに流せない。卓は怒りに任せて壁を叩いた。

『どう考えても財産目当てだぞ。甘粕茂実っていう男、まともな仕事についていない。再婚したら、うちの財産はすべて甘粕茂実に取られる。下手をすれば親戚にも迷惑がかかるぜ』

茂実は詩人だと名乗っているが、それらしい活動をしている形跡はない。大学を卒業して以来、就職した経験は一度もないはずだ。どうやって生活しているのか、不可解でならない。

佳乃の親戚には財産目当てで婿養子に入った男にしゃぶりつくされた一家がいる。卓は祖母、つまり佳乃の母親に教育の一環として聞かされた。しかし、肝心の娘が気づいていない。

『甘粕さんは小田原の旧家出身で長広さんのご学友ですよ。小田原病院の院長先生も褒めていらっしゃったわ。まさか、そんなことが……』

佳乃は人がよすぎるせいか、他人の悪意や下心に気づかない。世の中に悪人がいると、基本的に理解できないのかもしれない。

『まさか、じゃねぇよ』

卓は外に響き渡るぐらいの大声で怒鳴った。

『怒鳴らないでちょうだい。人をそんなふうに悪く言ってはいけません。出会った人にはそれぞれ意味があるんですよ』

箱入り娘の箱入り主婦は未亡人になっても変わらず、てんで話にならなかったという。

『もし来たら、俺が叩き出す。いいな？　邪魔するなよ』

卓が断固として反対したものの、茂実は瑠奈を連れて強羅の石渡家に乗り込んできて、勝手に住み着いてしまった。狙っていたのだろうが、卓が高校から帰ったら、茂実と瑠奈の荷物が運び込まれていたのだ。

以来、卓にとって地獄にも似た日々が始まった。

茂実は紳士ぶっているが、目的はわかりきっていた。

瑠奈はアイドルタレントのように可愛い女の子だったが、卓は嫌悪感しか抱かなかった。彼女は箱根の高校に転入しなかったが、かといって、小田原の高校に通っている気配もなかった。佳乃曰《いわ》く『夢があるから、高校ではなくて専門学校に行きたいんですって』だ。いろいろな意味でルーズな女にしか思えない。

『卓くん、私と卓くんは姉と弟になったんだから仲良くしましょうね』

瑠奈が薄着で抱きついてきたので、卓は乱暴な手つきで払った。

『オヤジと一緒にさっさと出ていけ』

『ひどい、どうしてそんなに冷たいのよ。お義母《かあ》さんに言いつけるわよ』

卓が無事に誕生する前に、佳乃は娘を流産している。それゆえ、佳乃は再婚相手の連れ子を猫可愛がりした。

『言えよ』

瑠奈が何をどう言ったのか不明だが、決まって佳乃に窘《たしな》められた。

『卓くん、瑠奈ちゃんに失礼なことを言ってはいけません』

『あの女、ウザい。茂実もウザい』

ここまで誰かを嫌ったのは生まれて初めてかもしれない。卓は茂実と瑠奈に対する憎悪を隠さなかった。

『瑠奈ちゃんが可愛くて魅力的だから照れているのね？　好きなんでしょう？　隠さなくてもいいのよ？』

年頃の男と女だからか、佳乃はあらぬことを妄想している。そのうえ、まとまるように願っている節もあった。

『何を言っているんだ。あのルーズな女にそんな気は起きない』

卓が義父や義姉の文句を言うと、佳乃は目を真っ赤にして怒った。家族で力を合わせて仲良く生活したい、と。

卓にとって茂実と瑠奈は家族ではない。

茂実や瑠奈にとっても卓は家族ではない。

雨がしとしと降っていた夜、その日がとうとうやってきた。卓が自室に閉じ籠《とこ》もっていると、瑠奈が忍び込んできたのだ。彼女は胸元が大きく開いたキャミソールを身に着けていた。風呂上《ふろあ》がりなのか、香料のきついボディシャンプーの匂いがムカつくぐらい鼻についた。

『卓くん、私のことが好きなんでしょう。素直になったら、瑠奈を好きなようにしていいよ』

瑠奈が豊満な胸を押しつけてきたので、即座に卓はベッドから下りた。

『出ていけ』

亡き父親の意向で子供部屋にカギはかからない。茂実と瑠奈が同じ屋根の下で暮らしだしてから、卓は自室にカギをつけるように頼んだが、佳乃は頑として拒否した。気が弱いくせに、卓に対しては母親として強く出るのだ。

『エッチさせてあげるわよ？　瑠奈とエッチしたいんでしょう？』

瑠奈の細い腕が卓の腰に回った。

『小田原の男のところに行け』

卓は腰に回った瑠奈の腕を払いのける。年頃の健康的な男ゆえ、卓も女の子は好きだが、瑠奈は汚らわしい生き物にしか見えない。

『小田原に彼氏いるけど、卓くんがいやなら、速攻で別れてくるよ？　妬《や》いているなんて可愛いね』

瑠奈は煽《あお》るように腰を振ると、楽しそうに全身で飛びついてきた。

『出ていけーっ』

卓は大声で怒鳴りながら、瑠奈の身体《からだ》を引《ひ》き剝《は》がした。力の限り。

『……んっ』

瑠奈は壁に後頭部をしたたかに打ちつけ、その場にズルズルと崩れ落ちた。そして、ピクリとも動かなくなった。

声を聞きつけたのか、茂実と佳乃が部屋にやってくる。たまたま遊びに来ていた長広も顔を出した。

卓は呆然《ぼうぜん》と立ち尽くしたまま、壁際で蹲《うずくま》っている瑠奈に近づくことさえできない。茂実が真っ青な顔で瑠奈の身体に触れた。

『……瑠奈？　瑠奈？　瑠奈？　瑠奈？　……い、息をしていない。死んだ？　死んでしまったのか？』

打ちどころが悪かったのか、瑠奈は息を引き取ってしまった。殺してしまったのはほかでもない卓だ。

それからのことを、卓はよく覚えていないという。あまりにも衝撃が大きく、思考が止まっていたのだろう。

即座に佳乃が土下座で茂実に詫びた。

『私の息子が申し訳ありません』

『……瑠奈は留学したことにする。石渡家から犯罪者は出さない』

茂実は卓の罪を隠そうとした。佳乃や長広は涙を零し、茂実に謝罪した。ただひとり、卓は罪を償おうとした。

『瑠奈が迫ってきて、拒んだんだ。俺は警察に行く。少年院にも入る』

卓が真っ直《ます》ぐな目で宣言すると、佳乃に泣きつかれてしまった。

『これは卓くんだけの問題じゃありません。箱根湯本《はこねゆもと》の石渡家や宮ノ下《みやのした》の石渡家、仙石原《せんごくばら》の石渡家、潮田家にも迷惑がかかるんですよ』

佳乃に続き長広にも諭された。

『一族から犯罪者を出したら石渡家は終わりだ』

石渡家の親戚には市議会議員や教師がいるし、美術館のオーナーもいる。箱根で高級ホテルや高級旅館、土産物屋を経営している親戚もいた。卓の不祥事の影響は少なくないだろう。

『卓くん、なんでこんなことに……』

佳乃に胸を叩かれている間に、茂実と長広は庭に瑠奈の遺体を埋めた。それから、植木鉢のアジサイを植え替えた。

アジサイは瑠奈の弔いの花になった。

思い出しているのか、卓の身体が震えだした。テーブルについている卓の手は汗ばんでいる。

氷川は慰めるように卓の手を優しく撫《な》でた。

「卓くん……」

君は悪くないよ、不幸な事故だったんだよ、と氷川は万感の思いを込めて言った。自分を責め続け、幸せを拒む男たちを知っているからだ。

「俺、ショウほどじゃないけど女は好きです。でも、瑠奈はマジに嫌いだった。嫌いだ、と言ったら、好きなんだろう、と言われましたけどね」

卓から不器用さと潔癖さを感じ、氷川は慈愛に満ちた微笑を浮かべた。

「理屈じゃないからね」

「俺、自首するつもりだったんです。本当に自首したかったんです。すべてブチまけたかった」

卓のじくじたる思いが痛いぐらいに伝わってきて、氷川までつらくなってしまう。清和は黙々とカツカレーを食べていた。

「わかる」

氷川は卓の実母と叔父を心の中でひとしきり詰《なじ》った。

「石渡家のプライド？　母方の潮田家のプライド？　世間？　馬鹿馬鹿《ばかばか》しくてたまりません」

家名に縛られている半面、家名が誇りなのかもしれない。若い卓は母親と叔父に対する反感が大きかった。心の底から母として叔父として慕っていたゆえ、絶望感も凄《すさ》まじかったのかもしれない。

「……それで家を出たの？」

氷川は卓が取った行動を悲しい目で想像した。

「わかりますか？　それ以来、オフクロは茂実の奴隷になりました。茂実も態度を豹変《ひょうへん》させましたからね……いや、俺が瑠奈を殺したことで安心して本性を出したんでしょう。石渡家の財産に手をつけるようになりました」

茂実は佳乃の前では瑠奈の死を嘆き悲しんだが、外でそんな素振りはいっさい見せなかった。世間も上手《うま》く誤魔化したのだ。

茂実は佳乃名義の貯金を勝手に引き下ろし、自分の口座に入金した。各地にあった別荘を売って金に換え、自分の遊興費に充てた。佳乃はひたすら茂実に尽くし、文句は一言も口にしない。

「芦ノ湖の別荘も売られてしまったんだね？」

「はい、オヤジお気に入りの芦ノ湖の別荘も万華鏡《まんげきょう》のコレクション付きで売り飛ばされました。買ったのが成金パチンコ屋です」

技巧を凝《こ》らしたオブジェのような万華鏡は、卓の亡き父親の趣味だった。石渡コレクションとして愛好家の間では有名な存在だったらしい。

「今も成金パチンコ屋？　今回、眞鍋が借りたの？」

本来、芦ノ湖の別荘は、跡取り息子である卓が相続するはずだった。運命の皮肉を感じずにはいられない。

「成金パチンコ屋が倒産して、二代目が買い取ってくれました。自由に使え、と言ってくれて感謝しています」

卓がありったけの感謝の視線を捧げたが、清和は不機嫌そうな顔で無視している。こんなことで感謝するな、とお気に入りの構成員に心の中で文句を言っているのだろう。カツカレーを平らげ、カツ丼を追加した。

揚げ物三連発というチョイスに戸惑ったが、氷川は注意しなかった。箱根の霧に惑わされたのかもしれない。

卓と氷川はコーヒーを注文する。

「俺、ガキでした」

卓はコーヒーを一口飲んだ後、ふたたび過去を語りだした。

瑠奈が庭に埋められてから、石渡家は茂実の天下だ。卓の態度が気に入らないと、茂実は佳乃を責めた。

『私の娘を殺したのは誰だ?』

茂実は暴君さながらに佳乃を平気で足蹴《あしげ》にした。

『申し訳ありません』

佳乃は茂実に土下座で詫び、卓にもそうさせようとした。けれども、卓は茂実に服従しなかった。

『だから、俺は自首すると言っている。自首したいんだ。オフクロの再婚で荒れた子供として同情してくれるさ』

卓が茂実を睨《にら》みつけると、佳乃が泣き叫んだ。

『卓くん、やめてちょうだい。お義父《とう》さんに謝ってちょうだい』

『俺の父親は死んだ石渡長慶だけだ』

卓は実父以外を父と呼ぶ気はない。

実父は気が遠くなるぐらいおっとりとして浮き世離れしていたが、広い心でやんちゃな跡取り息子を慈しんだ。

『卓くん、あなたは自分がしたことをわかっているの？』

佳乃に頰を殴られ、卓は家を飛びだした。それ以来、ずっと戻らなかった。今、旧家の跡取り息子は眞鍋組の構成員だ。

もともと、俺にはヤクザとしての素質があったんだと思う。殺してしまった瑠奈や、茂実に対する贖罪《しょくざい》の気持ちはなかった、と卓は自嘲《じちょうぎみ》気味に話し終えると、コーヒーを一気に飲み干した。

「卓くん、僕は卓くんの無念さがよくわかる。悔しくて苦しくて悲しくてたまらなかったんだね。でも、お母さんを残してひとりで出たんだね」

茂実にどんな扱いを受けているのか、石渡家に残された実母も哀れでならなかった。

「俺がいないほうが茂実に蹴られる回数が減ったんじゃないですか」

オフクロにはほとほと嫌気が差した、と卓は独り言のように呟いた。母親を母親として慕ってはいたが、同時に強い嫌悪感も抱くようになっていた。

「お母さんもお気の毒に」

「自業自得《じごうじとく》です。ああいう男だって、最初からわかっていたはず……オフクロは茂実の表の顔しか見ていなかった。表の顔しか見る頭がなかったのかもしれません。だから、茂実にナメられたんでしょう。この女ならすぐに騙せる、財産も取れる、ってね」

卓から激しい後悔を感じ、氷川にいやな予感が走った。昨日、卓が着けていたイヤリングは黒真珠だ。

「……卓くん、お母さんはどうされたの？　まさか……」

思わず、氷川は隣にいる清和のセーターをぎゅっと摑《つか》んだ。

「崖《がけ》から落ちて死にました。昨日、葬式でした」

卓は陰鬱《いんうつ》な目で実母の死を口にした。悔やんでも悔やみきれない思いに苛《さいな》まれているようだ。

「……お悔やみ申し上げます」

氷川は決まりきった悔やみしか、口にできなかった。ふたりの会話が聞こえているはずの清和は、カツ丼を食べ終え、無表情でコーヒーを飲んでいる。

「オフクロが生きているうちに自首すればよかった。後悔しています」

氷川から逃げるわけではないだろうが、卓は霧に包まれた窓の外に視線を流した。一向に霧は晴れず、白いままだ。

派手な物音がしたと思うと、箱根情緒が漂う店内に家族連れの客が入ってきた。

「悪天候のため海賊船は休航、とかいう注意を箱根湯本のバス停で見ました。箱根湯本がお天気だったので信じられなかったのだけど本当だったんですね」

箱根が初めてらしい女性客が愚痴ると、愛想のいい店員が申し訳なさそうな顔でテーブルに案内した。

「山の天気はこういうものです。これも箱根名物のひとつだと思ってください」

海賊船を楽しみにしていた子供がぐずり、父親が必死になって宥めている。もう、込み入った話ができる状態ではない。

清和は伝票を持つと立ち上がり、氷川と卓も無言で続いた。精算をすませ、店の外に出る。

車に乗り込むと、清和が行き先を静かに告げた。卓の実家がある強羅だ。

氷川は隣に座った清和の横顔をさりげなく見つめる。卓に同情しているのが手に取るようにわかった。だいぶ状況は違うが、清和も実母とその男たちにはさんざん苦しめられてきた。今でも不憫《ふびん》な清和を思えば胸が痛い。

卓は一声かけてから発車させる。

「茂実さんと長広さんは健在？」

氷川は不幸の元凶ともいうべき人物の近況を尋ねた。

「はい、茂実はオフクロの金で小田原と伊豆に若い愛人を囲っています。叔父の長広は祖父から譲り受けた遺産を食い潰しています」

名家出身の子息は働いてはいけないという指令があるのではないか、そんなくだらないことまで思ってしまう。それでも、まだ卓の叔父はマシだ。自分の資産で暮らしているのだから。

「こんなこと、今さら言っていいのかわからないけれど……卓くん、その、瑠奈さんは本当に亡くなったの?」

氷川にはどうしても瑠奈の死がひっかかってならない。頭の中が箱根の山の霧のようにもやもやしている。

「茂実と叔父の長広さんが確かめました」

死亡を確認した人物の名に、氷川は上体を派手に揺らした。

「卓くんが死亡を確かめたわけじゃないんだね? 少し殴っただけでも打ちどころが悪かったら人は死んでしまう。でも、瑠奈さんは卓くんが殺したんじゃないかもしれない。気絶していただけかもしれないよ?」

茂実が気絶した瑠奈を死んだように見せかけたのかもしれない。その後、隙《すき》を見計らって、茂実が瑠奈を殺したのかもしれない。石渡家の資産を手に入れるため、茂実が実の娘を手にかけた可能性は否定できない。

卓の話を聞く限り、茂実にまったく情が感じられなかった。瑠奈が本当に大切な娘ならば、まず、多感な年頃の男がいる家に一緒に住まわせない。わざわざ離婚した妻の元から引き取らないはずだ。卓にはあまり近づかないように注意するだろう。乱暴されて、泣くのは女の瑠奈のほうだ。

「……姐さん、お言葉、ありがとうございます。十七の時はわからなかった。俺が瑠奈を殺したんだと思い込んでいました。でも、二代目の盃《さかずき》をもらって、ヤクザとして何度もやりあってから、俺も瑠奈の死因がべつにあるような気がして……」

卓はハンドルを握ったまま、揺れている本心を躊躇《ためら》いがちに明かした。阿修羅《あしゅら》の世界で経験を積み、瑠奈の死因や茂実の言動に疑問を抱くようになったのだ。

「瑠奈さんの死の真相を探るために箱根に来たの？」

急なカーブで車が左に揺れたが、氷川は清和に摑まって耐えた。よろよろしている場合ではない。

「瑠奈とオフクロの死、二件です」

卓が張りのある声で答えた時、霧が少し晴れた。突然、美しい紅葉が視界に浮かび上がる。

だが、すぐにまた霧に包まれた。

「お母様、崖から落ちた……落とされた？」

佳乃は茂実と一緒にドライブに出て、芦ノ湖を一周した後、車から降りて山道を歩き始めた。茂実がちょっと目を離した隙に、佳乃は足を滑らせて、崖から落ちてしまったという。

「瑠奈が死んで以来、オフクロは必要最低限しか、外に出ませんでした。まず、散歩なんてしたがらなかった。茂実にしたって奴隷状態のオフクロを連れてドライブや散歩に行きたがらないと思います」

おかしい、と氷川も思っていたのだ。

「茂実さんはお母様と散歩する時間があったら若い愛人と遊ぶよね？」

身《み》も蓋《ふた》もないが紛れもない事実だ。茂実は卓の母親をＡＴＭぐらいにしか思っていなかったに違いない。散歩どころか食卓を囲むことも億劫《おっくう》になっていたはずだ。

「はい、事故死で処理されましたが、どうにも腑《ふ》に落ちない。茂実に突き落とされたのかもしれない」

卓も清和も茂実による殺害だと疑っているようだ。車内には引《ひ》き攣《つ》れるような卓の怒気が広まった。

「目撃者は？」

「いません。第一、霧が深い日でした。湯本や強羅が晴れていても標高の高い山の天気が悪いことは多い。地元の人間ならば誰でも知っています。なんで、そんな日に散歩するのか……」

卓の言葉を証明するように、強羅に近づくにつれ、霧は薄くなっていった。秋の箱根は絶景だ。

「芦ノ湖は霧が凄かったのにここは晴れてる」

氷川が呆然とした面持ちで車窓から眺めると、卓はハンドルを右に切りながら答えた。

「温度差も激しいので気をつけてください」

昼と夜の気温はまったく違うし、標高の高いところと低いところにしてもそうだ。体調を崩しやすい。

「うん、そうだね……それでサメくんはなんて言っているの？」

清和驀進《ばくしん》の最大の理由であるサメの見解を知りたかった。飄々《ひょうひょう》として摑みどころがないが、サメはプロ中のプロだ。

「調査中です」

眞鍋組の構成員に関する事件だからこそ、データが揃わないうちは、サメは見解を秘めておくつもりなのかもしれない。

「一刻も早く調べるように急《せ》かさないと」

何をしているの、と氷川は横目で清和を睨《にら》んだ。

「いえ、その必要はありません。姐さんがいらしてくださったおかげで、サメさんにエンジンがかかりました」

氷川が箱根に乗り込むまで、サメは別件で飛び回っていた。影の諜報部隊の中からシマアジとタイが選ばれて箱根に乗り込んだ。しかし、土地勘のないふたりではなかなか調査が進まなかった。おまけに、山道で事故を起こしかけた。なんでも、飛びだしてきた猪《いのしし》をよけようとして、ハンドルを切り損ねたらしい。シマアジとタイは根性を振り絞り、箱根の山の恐怖を乗り切った。

「それで、今朝の……失礼な話だ」

今朝の眞鍋組の諜報部隊の様子を思い出し、氷川は唇を尖《とが》らせた。

「俺のプライベートで申し訳ないです」

卓は私用で眞鍋組を動かすことをいたく気に病んでいる。今回、実母の訃報《ふほう》でいてもたってもいられなくなったのだろう。

もっとも、清和は卓のために眞鍋組を動かすことを当たり前だと思っているようだ。今まで卓は清和と氷川のために身体を張ってきた。清和を庇《かば》って銃弾をその身に受けたこともある。氷川は卓が着ていたクリーム色のシャツが血の色に染まっていった様が忘れられない。

「卓くんは大切な子です。いつだって清和くんに尽くしてくれているでしょう。気にすることはありません」

氷川は照れ屋の清和に代わって気持ちを伝えた。

「……どうも」

「それに茂実が犯人だったら新たな被害者が出るかもしれないし」

氷川は思案顔で今後の懸念を口にした。

「叔父の長広ですか？」

卓も気になっていたらしく、世間知らずの叔父の名前を挙げた。大学時代、茂実とどんな友人づきあいをしていたか理解に苦しむ。

「うん、長広さんがいなくなれば茂実さんはやりたい放題……今もやりたい放題かもしれないけどね」

どう考えても、長広には茂実の暴走を止められない。茂実も長広の意見に耳を貸さないだろう。それでも、茂実にとって長広は面白くない存在のはずだ。また、奪い取った金もいずれは尽きる。戸籍上、義兄の茂実が、長広の財産に食指を動かす可能性は否定できない。

「祐さんも姐さんと同じことを言いました。叔父の長広を見張れ、と」

昨夜、氷川が眠りについた芦ノ湖の別荘で、緊急の作戦会議が開かれたらしい。諜報部隊所属のマグロが、長広の見張りについた。長広は佳乃の不慮の死にだいぶショックを受けたらしく、病院に駆け込んでいる。通夜も葬式も涙が涸《か》れず、見ているほうがつらかったらしい。

「卓くん、長広さんには可愛がられていたんだよね？」

卓の口ぶりからして長広は第二の父だ。茂実の友人でもあるので複雑らしいが、今でも叔父として慕う気持ちは残っている。

「はい、実の子供みたいに可愛がってもらいました。叔父の息子は俺の弟みたいなもんです」

卓の亡き実父と長広は本当に仲のいい兄弟だった。亡き実父が勧めるまま、長広は佳乃の従妹《いとこ》を嫁にもらった。生まれた息子はひとりっ子の卓にとって従弟《いとこ》というより弟だ。従弟は瑠奈や茂実を嫌い、ことあるごとに家庭で孤立する卓を庇った。

うちで暮らしたらいいのに、と心配そうに勧めてくれたのも従弟だ。長広の妻は卓の部屋を用意してくれた。

「瑠奈さんは留学したことになっているんでしょう？　卓くんも留学したことになっているの？」

「俺は家出になっています。俺の存在を抹消したかったみたいですね……姐さん、これが俺の実家です」

高い塀が続いていたと思うと、石渡の表札がかかった立派な門が見えた。日本建築の粋《すい》を集めたような大邸宅だ。

「豪邸だね。別荘も持っているとしたら、固定資産税とか大変なんじゃないかな？」

氷川が現実的な問題を指摘すると、卓はハンドルを左に切った。

「茂実は別荘もマンションも土地も売って金にしています。残っているのは強羅のこの本宅と小田原のマンションくらいです」

卓は箱根美術館の駐車場に車を停めると、氷川のためにドアを開けた。女装していても、中身まで女になりきるのは難しい。

「卓くん、今から君は女の子だよ。いいね」

氷川は卓のマフラーを巻き直し、男の象徴である喉仏を隠した。団体の観光客がはしゃぎながら目の前を通り過ぎる。

「はい」

卓は低い声で返事をして、ゆっくり歩きだした。女性の歩き方には程遠いが、いたしかたないだろう。

芦ノ湖の邸宅を出た時点から護衛についていたらしいが、眞鍋組の車が駐車場に入ってきた。運転席と助手席には影の諜報部隊に所属する男がいるものの、車から降りようとはしない。

卓は箱根美術館の駐車場に車を停めたが、美術館には向かわなかった。

「……卓くん、どこに行くの?」

氷川は清和と肩を並べ、卓の後からついていく。

「強羅公園です。二代目とデートでもしてください」

「どうしてデート？」

氷川が目を丸くすると、卓は肩を竦《すく》めた。

「桐嶋《きりしま》組長に聞きました。薔薇《ばら》は夏と秋が見頃……薔薇にはちょっと遅いかもしれないけど、ローズガーデンや噴水の前でいちゃついた後、カフェで薔薇のシフォンケーキでも食ってください」

箱根湯本行きの特急電車内で氷川が呟いていた独り言を、桐嶋はきっちり聞いていたらしい。

清和は神風特攻隊の隊員のような顔つきで、三人分のチケットを強羅公園の西門で購入した。

「清和くんは不倫医師みたいなセリフを言ってくれないから」

氷川が嫌みっぽく清和を横目で見ると、卓は右の拳《こぶし》を固く握った。

「俺が黒子になって二代目に教えます。任せてください」

見上げた忠誠心なのかもしれないが、強羅公園の散策よりもっとするべきことがあるような気がした。卓は実家に近い場所であまりうろつかないほうがいい。

「卓くん、呑気《のんき》にそんなことをしている場合じゃないと思う」

氷川は卓の首に巻かれているマフラーに軽く触れた。

「ガキの頃、オフクロによく連れてこられました。ちょうど天気もいいし、姐さんに見てほしいんですよ」

　大切な場所を大切な人に見てほしい。そんな卓の思いに気づき、氷川は白い頬を緩ませた。

「思い出の場所なんだね」

「……ま、土曜日だから避けたほうがいいかな？　観光客でごったがえしていたらデートどころではありません」

　強羅公園の西門から入り、階段を下りると、優雅なローズガーデンが広がっている。何種類もの薔薇が優雅に咲き誇っていた。ほのかな薔薇の香りもいい。

　幼い子供を連れた夫婦や親子三代の大家族、高校生くらいのカップルから社会人らしきカップルまで、あちこちに人がいる。それぞれ、カメラを構えているが、人が多すぎてシャッターチャンスが訪れないようだ。

　絵になる場所をカメラに収めたい気持ちは、氷川もわからないではない。

「綺麗だね」

　氷川がストレートな感想を述べると、清和は鉄仮面を被《かぶ》ったまま答えた。

「ああ」

　清和の無愛想《ぶあいそ》ともいえる返事を聞き、卓が小声で叱責《しっせき》した。

「二代目、だから、ここは、薔薇より姐さんのほうが綺麗だ、って言うところですよ。頑張ってください」

卓は清和のセーターを引っ張ったが、不夜城に君臨する男の口は固まったように動かない。

もっとも、愛を囁《ささや》かせるのならば落ち着けるような場所を選んだほうがいい。周りに人が多すぎる。

氷川は清和や卓とともにローズガーデンを回り、フランス式庭園に下りていった。強羅の坂は急だが、公園の上にある西門から下りていくと楽だ。

噴水の周囲も人が多かったが、運よくベンチが空いた。卓は氷川と清和をベンチに座らせる。

「清和くん、僕に何か言ってくれるんでしょう」

氷川が噴水を眺めながら婀娜《あだ》っぽく言うと、照れ屋の清和は苦しそうに低く唸《うな》った。

「……っ」

「清和くん、どうしたの？　僕に何も言ってくれないの？」

氷川は噴水を見たまま、チクリと清和を刺す。

「……う」

氷川の前では泣く子も黙る眞鍋の昇《のぼ》り龍《りゅう》も形無しだ。

「二代目、元竿師《もとさおし》の桐嶋組長から仕入れたセリフを伝授します。よく聞いてください」

卓は清和の隣に座り、小声で耳元に囁いた。

「……俺は」

清和が最前線に赴く戦士のような顔つきで甘い言葉を囁こうとした……ようだが、目の前で泣きじゃくっている子供の声で無残にも掻《か》き消《け》される。

「……っく、っく、ソフトクリーム……ソフトクリーム買ってーっ」

どうやら、クマの帽子を被った男の子はソフトクリームが欲しくて駄々をこねているようだ。背後にいる母親が困り果てている。

「さっき、アイスクリームを食べたでしょう?」

「いやーっ、ソフトクリーム食べるのーっ」

男の子は氷川の目の前で大の字に寝転がると、盛大に足をバタバタし始めた。なかなか根性が入った男の子だ。

当然、氷川や清和、卓の視線は足をばたつかせている男の子に集中する。母親は顔を手で覆っていた。子育ては大変だ。

氷川は男の子のバタバタ足を観察しつつ、隣にいる清和に言葉をかけた。

「清和くん、愛の言葉が聞こえないんだけど?」

「……まだ言っていない」

馬鹿正直に清和が明かしたので、氷川は苦笑を漏らした。

「言ってよ」

「ああ」

清和は大きく息を吸ってから愛の言葉を口にしようとしたものの、小さな女の子の団体のはしゃぎ声に掻き消された。

「ソフトクリーム食べるのっ」

「うん、ソフト食べるの」

「ソフトクリームくれないと、噴水に飛び込んじゃうから」

こちらの女の子たちのお目当ても、テイクアウトショップで販売されているソフトクリームだ。

幼い子供を見ていると、あどけない清和を思い出してしまう。氷川は清和の手に軽く触れた。

「清和くんもソフトクリームを食べる?」

「いい」

清和がしかめっ面で応《こた》えた後、卓が大きな溜め息をついた。

「駄目だ、人が多すぎる」

旅行会社のバッジを胸や鞄《かばん》につけた団体がずらずらと現れた。噴水のベンチから見えるカフェのテラス席は客でいっぱいだ。公園内の混雑から察するに、カフェ店内も満席だろ

う。この場に閑古鳥はいない。

日本全国、どこもかしこもお約束のように底の見えない大不況に喘《あえ》いでいるが、箱根の土曜日の底力を実感する。まだまだ日本は大丈夫かもしれない、と氷川は変なところで安心してしまった。

噴水の周りをゆっくり一周する老夫婦が微笑《ほほえ》ましい。孫を連れた老夫婦も見ているだけで心が弾んでくる。自然に幼い卓と手を繋いだ母親が浮かんだ。

「幸せな場所だね」

氷川が強羅公園について称すると、卓は嬉しそうにはにかんだ。

「日を改めて来てください」

「うん。それまでに清和くんに桐嶋さんから仕入れたっていう愛の言葉をレクチャーしておいてね」

氷川が渋い顔の清和を肘《ひじ》で突きつつ言うと、卓は強羅の空のように爽《さわ》やかに言った。

「了解です」

フランス式庭園からブーゲンビレア館や熱帯植物館を回った後、強羅公園の正門から出た。箱根登山ケーブルカーの公園下駅が近い。

「そこのカツ丼と親子丼が美味いんです」

卓が桐嶋がチェックを入れていたそば屋を差すと、清和がポーカーフェイスで足を止めた。

「清和くん、もしかして食べたいの？」

芦《あし》ノ湖畔《こはん》でワカサギフライとカツカレーとカツ丼を食べたのは誰だ、それもカツカレーは大盛りだった、と言いかけたがやめた。

清和の静かな迫力に負けて、氷川と卓はそば屋に入る。感じのいい女性店員が迎えてくれた。

清和が箱根《はこね》山麓豚《さんろくぶた》を使ったカツ煮定食、卓がこだわりのつゆで絡めた親子丼、氷川がとろろせいろを注文する。食べきれなかったら、清和に食べてもらえばいい。

清和は何げなく店内を調べているようだ。もしかしたら、卓の義父や叔父が気に入っている店なのかもしれない。卓の実母の葬式を出したばかりだ。世間体を考え、さすがに若い愛人の元に戻ったりはしないだろう。暫《しばら》くの間は強羅の石渡家に滞在するはずだ。

どのテーブルも観光客ばかりで、地元の人間は見当たらなかった。若い女性の四人組が女性店員に、ポーラ美術館と箱根ガラスの森美術館について尋ねている。両方とも行きたいらしいが、時間の都合でひとつに絞らなければならないらしい。選べずに、地元の意見に頼ろうとしている。

あまりにも長閑《のどか》というか、夢心地というか、当初の目的も懸念も吹き飛んでしまいそうだ。隣で黙々とカツ煮定食を食べる清和が無条件で可愛い。親子丼を掻き込む卓もやたらと微笑ましい。

「清和くん、美味《おい》しい？」

氷川が優しい笑顔で尋ねると、清和は箸《はし》を握ったまま応えた。

「ああ」

「よかったね」

氷川が母の顔で清和に微笑むと、卓は笑いを嚙み殺している。丼鉢を持つ手がふるふると震えていた。

「卓くん、美味しい？」

氷川は卓にも同じ質問をした。まさしく、息子の友人に対する母の顔だ。

「はい」

「よかったね」

どうしようもなく清和と卓が可愛い。ふたりが美味しそうに食事をしていることが嬉しい。

氷川はささやかな幸せに浸っていたが、入り口が開いた途端、清和と卓に得も言われぬ緊張が走った。

「いらっしゃいませ、何名様ですか？」

「ふたり」

清和は狙ってこのそば屋に入ったのか、紳士然とした茂実が悠然と入ってくる。後ろには陰険な目つきの男がいた。ヤクザではなさそうだが、単なるサラリーマンでもないだろう。

ふたりは奥のテーブルにつき、メニューも見ずに親子丼を注文した。清和と卓は何事もなかったかのように、目の前の料理を口に運んでいる。氷川も冷静に喉越しのいいそばを食べた。

次の新しい客は観光客に扮したシマアジとタイだ。帽子を被る程度の軽い変装なので顔でわかった。眞鍋組の諜報部隊は茂実を徹底的にマークしている。

氷川とシマアジの目が合った途端、涙ぐんだのは諜報部隊の精鋭だった。どうして僕を見て泣くの、と氷川は心の中で文句を呟く。

茂実は眞鍋組の諜報部隊に尾行されているとは知らないようだ。そもそも、卓が眞鍋組の金バッジを胸につけていることさえ知らないのかもしれない。捜索願は出されたようだが、卓を本気で捜した痕跡《こんせき》はなかったという。

高校生が家を飛びだして、それからどうなったのか、考えたことはないのだろうか。やっかい払いができたとしか思っていないのだろうか。こればかりは亡くなった卓の母親にも、一言なりとも問いたい気分だ。

どう考えても、ここは長居しないほうがいいだろう。清和が勘定をすませ、氷川は卓とともに店から出た。茂実は何も気づいていないようだ。

店外に出て少し歩いてから、氷川は大きな息を吐く。卓は地面を見つめて低い声でポツリと漏らした。

「あいつ、オフクロが死んだのにすっげぇ元気そうだ」

氷川は普段を知らないのでなんとも言えないが、茂実は我が世の春を迎えたように溌剌《はつらつ》としているらしい。

「……ん、そうなのかな」

「オフクロが死んで確実に喜んでいる」

卓の全身に喩《たと》えようのない殺気が漲《みなぎ》る。今にも店に戻って茂実に襲いかかりそうだ。氷川は卓の背中を優しく撫でた。

「卓くん、そんなに……」

下手《へた》な慰めは逆効果になりかねない。氷川は言葉に詰まったが、卓はきっぱりと宣言した。

「大丈夫です、眞鍋に迷惑がかかる真似はしません」

「そうじゃない、そうじゃないんだ。ああ、もうここでうだうだしていても精神上、悪いからね。さっさと乗り込もう」

氷川は卓の手を引くと、車を停めた駐車場に向かって坂を登り始めた。ゆっくり上がってもきつい。

「……姐さん？」

卓は目を丸くしたがおとなしく手を引かれている。

清和は陰でガードしているリキに仕草で合図を送っているようだ。後方に停まっていたワゴン車が近づいてくる。

氷川は木々の影が長い場所で凛然《りんぜん》と言い放った。

「卓くん、僕と一緒に強羅の実家に行って、庭を掘って、瑠奈さんの遺体を確認しよう。その間、清和くんは茂実が帰ってこないか見張っていてね」

氷川の鉄砲玉根性が炸裂《さくれつ》し、卓と清和は真っ青な顔で固まった。

「……やめてくれ」

清和は眞鍋の昇り龍と恐れられた極道とは思えないぐらい頼りない声を漏らす。卓は顎をガクガクさせた。

「……な、何を考えているんですか」

卓と清和の周りにどんよりと重苦しい空気が流れた。

「茂実さんは別荘や土地を売りまくっているんでしょう？　本当に瑠奈さんの遺体が埋められていたら、強羅の家は手放さないと思う。でも、瑠奈さんの遺体が埋められていなかったら、強羅の家は手放すんじゃないかな」

氷川は卓の手を握ったまま、ぶんぶん振り回した。傍目《はため》には、大柄な彼女と小柄な彼氏だ。

清和は独占欲がすこぶる強いが、氷川が卓の手を握っても妬《や》かない。眞鍋組の核弾頭の発動に、それどころではないのだ。

「……え？　瑠奈は死んで庭に埋められましたが？」

「瑠奈さん、生きているかもしれないよ」

氷川は澄み渡った強羅の空のようにカラリと笑った。これはもうカンだ。

「……そ、そんなはずはない。叔父も確認したんです」

卓は首を左右に振ったが、氷川は意見を曲げなかった。

「叔父の長広さんも世間知らずのお人よしでおっとりのうっかりさんなんでしょう？　夜だったし、気が動転して、瑠奈さんの死をちゃんと確認できなかったのかもしれない」

瑠奈が死んだ、という茂実の言葉によって植えつけられた先入観で、長広が誤った可能性が高い。

決してあってはならないことだが、息がまだある患者の死亡を宣告した若い研修医がいた。徹夜続きで朦朧《もうろう》としていたらしい。

「……まさか」

卓の目の焦点がおかしくなった。

「ナメられたら終わり、って卓くんは言ったよね？　お母様は優しいからナメられて、狙われたんだろう、って」

財産のある未亡人を狙う輩《やから》は古今東西、どこにでもいる。ターゲットになった未亡人は搾取されるだけだ。

「はい」

卓は歯痒《はがゆ》そうに唇を噛み締めた。

「最初から茂実さんと瑠奈さんが仕組んだ罠《わな》かもしれない」

瑠奈が身体で迫って、卓が落ちればそれでいい。卓の男としての責任を、母親である佳乃に追及できる。

瑠奈の気絶も作戦のひとつかもしれない。

「だから、瑠奈は俺に迫ったのか？」

思い当たったのか、卓は目を大きく瞠《みは》った。

「どう考えてもなんかひっかかるんだ。娘を大事にしている父親なら、瑠奈さんと卓くんをふたりきりにさせないと思う。何か目的があったんだろうね」

女癖の悪い先輩医師は、娘を絶対に若い男に近づけなかった。男の下心を熟知しているからだ。

「石渡家の財産を掠《かす》め取《と》るため、いくつかの罠が仕掛けられていたとでも？　俺のオフクロなんて騙すのは簡単だ」

「うん、僕でも卓くんのお母様は騙せる。ついでに叔父さんも」

氷川が自信たっぷりに言うと、卓はコクコクと頷いた。

「天然ボケ選手権をしたらオフクロと叔父がトップ争いをすると思います」

駐車場に戻った時、清和がポツリと口を挟んだ。

「実は祐も先生と同じことを言っていた」

何があっても卓に早まらせないように、と祐は箱根の山道で酔った後、ベッドの中で清和に注意したらしい。眞鍋組で一番汚いシナリオを書く策士は、悪人の心理を読み解く能力に長《た》けている。

ちなみに、清和やリキは遠目から葬式を見ても思いつかなかった。卓も氷川に指摘されるまで何も思わなかったらしい。

「祐くんも？」

僕、頑張って石渡家の塀を乗り越えるね、と氷川は勢い込んだ。自分の考えが当たらずといえども遠からずという確信を持つ。

「ああ、祐の指示で強羅の石渡家の買収を仕掛けてある。茂実から返事はまだない。先生は何もしないでくれ」

意気込む氷川とは裏腹に清和の表情は暗い。今にも強羅の坂を転げ落ちそうな雰囲気さえある。

「さっさとしないと、卓くんの悩む時間が増えるだけだ。卓くん、スコップのある場所は覚えているよね？」

わざわざスコップを買っていかなくても、石渡家にあるものを借りればいい。氷川特有の思考がからからと回っている。

清和の青褪《あおざ》めた顔を眼前にして、卓は眞鍋組構成員としての自分を取り戻したようだ。

「姐さん、腹ごなしに美術館にでも行きませんか？　箱根美術館はすぐそこにあります。お勧めは足湯のある彫刻の森美術館ですが、ラリック美術館や星の王子さまミュージアムもいいですよ」

卓は亡き実父に箱根のみならず各地の美術館や博物館に連れ回されたそうだ。卓自身、芸術にはなんの興味もないし、てんで理解できないが、どこにどのような美術館があるのか、併設されているカフェやレストランがどうか、やたらと詳しくなったという。箱根は庭らしい。

魅力的な提案だが、すべてが片づいてからだ。

「腹ごなしなら庭を掘るほうがいい」

ワカサギフライにとろろせいろ、カロリーはばっちり摂取している。このために食べたのだと氷川は思うことにした。

「姐さんにそんな真似はさせられません」

「僕、卓くんのために頑張るから」

氷川は高い塀を乗り越えて庭を掘り起こす気満々だが、卓は自分の左の胸を手で押さえた。

「姐さん、俺の心臓がヤバくなってきました。二代目の心臓も危ないと思います。頼みますから、おとなしく箱根観光をしてください。箱根はまだまだ見所があります。なんなら、温泉にでも入りますか？」

卓の泣きだしそうな表情に負け、氷川はとうとう心の深淵《しんえん》に突き刺さっていた一番大きな棘《とげ》を吐露した。

「卓くん、どうしようかと思ったけど、この際、はっきり言おう。君のお父様は本当に事故死なの？」

氷川が真剣な目で貫くように言うと、卓は雷に打たれたように固まった。衝撃で声も出せないらしい。

「茂実さん、温和な紳士に見えるけど、中身は全然違うよね？　疑いだしたらキリがないし、悪いことは続くものなのだけど、すべての元凶が茂実さんのような気がしてならない」

幸せだった日々の崩壊は、実父の事故死から始まっている。大学時代から長広と交流があるのだから、石渡家の内情もよく知っていただろう。茂実の性格を考慮すれば、実父の死因に不審を抱かずにはいられない。

世の中には決して働こうとしない男がいる。仕事をせず、他人や国から金を得るためにのみ努力する。その努力を仕事に回せば一財産築けるだろうと、常々、氷川は疑問に思ってきた。どこがどうとは言えないが、茂実からはそんな匂いがする。

「……あ」

卓は声にならない声を上げ、下肢を小刻みに震わせた。

「清和くん、祐くんは何か言っていた？」

氷川は祐の意見が聞きたくて清和を見上げた。

「卓の実父についても調べるように指示は出していた。茂実の生まれ育ちからすべてしらみ潰しに当たっているはずだ」

清和は苦悩に満ちた顔でこめかみを指で揉んでいる。氷川の暴走機関車にブレーキが利《き》かないからだ。

「お父様の交通事故の裏にも何かありそうだね」

氷川が卓の肩を優しく叩いた時、清和の携帯電話にメールが届いた。即座にメールを確認する。

「車に乗れ」

清和は携帯電話を手にしたまま、鷹揚《おうよう》に顎をしゃくった。氷川は素直に後部座席に乗り込み、卓が運転席に座って、シートベルトをする。

「二代目、どちらに行きますか?」

卓が行き先を尋ねると、清和は簡潔に答えた。

「彫刻の森美術館」

卓はアクセルを踏んで静かに発車させた。瞬《また》く間《ま》に強羅の坂を下り、登山電車の線路に沿って走る。

「二代目、彫刻の森美術館は広いですよ?」

「庭を歩け、とある」

「OKです。入館料が高いんで結構穴場かもしれませんね……土曜日なんで断言できませんが」

強羅駅から箱根登山電車で一駅、徒歩圏内に、ピカソなどの海外芸術家の貴重な作品を集めた展示場がある彫刻の森美術館があった。広大な芝生の庭園には独創的な彫刻が絶妙な間隔で配置されているが、百種類以上の草花と溶け合い、無限性を演出するかのように素晴らしい空間になっている。源泉かけ流しの足湯も人気を博していた。

卓が予想したように、強羅公園のように観光客で埋まっていない。約七万平方メートルの起伏に富んだ敷地ゆえ、混雑していないように見えるのかもしれないが。

「清和くん、これが芸術なの？」

ユニークな彫刻が青々とした芝生に聳《そび》え立《た》っているが、氷川にはどこがどう優れているのか、まったく理解できなかった。

「俺に訊《き》くな」

氷川以上に、清和は芸術に疎《うと》いようだ。彼には奇怪な塊《かたまり》にしか見えないらしい。

「卓くん、君は詳しいの？」

氷川が尋ねると、卓は軽く手を振った。

「俺にも訊かないでください。ただ、ここにはロダンとかマイヨールとか岡本太郎《おかもとたろう》とか有名な作家の彫刻があるはずです」

屋外に展示されている彫刻作品は、近代および現代作家の巨匠によるアートだ。背景に広がる雄大な自然が彫刻作品の威力を増大させている。大都会の美術館では味わえない感覚だ。

「彫刻家の名前を言えるだけでもたいしたもんだ」

氷川も清和も彫刻家の名前を咄嗟《とっさ》には羅列できない。

「お褒めに与《あずか》り光栄ですが……っと、現れましたね」

子供の工作に見えないでもない大きな彫刻の前から、観光客に扮《ふん》したサメが軽い足取りでやってくる。野暮ったい帽子が異様なくらい似合っていた。いや、似合うように装っているのだろう。

「芸術は爆発です。作品とやらに秘められた偉大性やら物語性やらはさっぱりわかりません」

サメの第一声に氷川は苦笑を漏らした。

「サメくん、その気持ちはとってもわかる」

「姐さん、お話は後で。卓、祐が連れている女性を確認してくれ」

サメは卓の肩を抱くと、足早に歩きだした。おそらく、サメはカップルを演出しているのだろう。見ようによってはカップルに見えないこともない。

「祐さんが?」

祐が諜報活動に乗りだしているので、卓ならずとも戸惑ってしまう。

「今回は特別、女の口を軽くするのはスマートな美男子が一番手っ取り早いからな」

今、現在、諜報部隊には箱根に配属するスマートな美男子がいないという。人材不足も悩みのひとつだ。

「どんな女……あの女ですか?」

卓は木々の向こう側に祐と女性を見つけた。氷川もメガネをかけなおし、祐が連れている女性をじっと観察する。控えめで慎ましそうな女性だ。

「そうだ、見覚えがあるか?」

「オヤジの従姉《いとこ》の息子の嫁さんです。久子《ひさこ》さん、と呼んでいました」

卓がきっぱりとした口調で答えると、サメはさらに質問を重ねた。

「オフクロさんやオヤジさん、茂実や長広さんと仲が良かったのか？」

「オヤジが亡くなるまで、オフクロは久子さんと一緒に刺繍《ししゅう》とかパッチワークを習っていました。お互いに夫婦で日帰りの旅行に行ったり、仲はよかったはずです。長広さんともそれなりに……茂実とは知りません。それが何か？」

卓が怪訝《けげん》な顔で言うと、サメは軽く口元を歪《ゆが》めた。

「お前のオフクロさんはうちの姐さん以上に天然の世間知らずだよな？」

サメの質問のセリフが気に入らないが、氷川は清和の腕を抓《つね》って耐えた。あえて、文句は口にしない。

「はい、姐さんと違って弱々しいですが」

姐さんぐらい気が強かったら、と卓は悔しそうに続けた。清和は口を固く閉じ、卓を見守っている。

「……お、久子さんの口が軽くなっているぜ」

サメは右耳にイヤホンをつけているが、祐と久子の会話を聞いているのだろう。祐のリップサービスに久子がひっかかったようだ。

「祐さんと久子さんは何を話しているんですか？」

卓の亡き母親を偲《しの》んでいるのかと思ったが、サメの返答はまるで違った。

「お前のオフクロさんの悪口ばっかり」

サメの言葉が理解できなかったらしく、卓は口をポカンと開けた。

「……は？　オフクロの悪口？　俺が知る限り、オフクロは久子さんには迷惑をかけていないはずです。茶を飲んでも奢《おご》るのはいつもオフクロでしたし、別荘もマンションもタダで貸していたし、久子さんの姑《しゅうとめ》の介護の手伝いさえしていましたよ」

久子に悪口を叩かれる謂《いわ》れはない、と卓は言外で訴えている。

どんなによくしてあげても、感謝されず、裏で陰口を言いふらされるケースは珍しくない。氷川は病院内で聞く患者の愚痴から知っていた。医療業界の人間たちにしてもそうだ。

「お前のオフクロさん、家の中では泣いて暴れて手がつけられなかったらしい。いつまでたってもワガママなお嬢様で、茂実はさんざん苦労したそうだ。長広も苦労したそうだぜ」

サメは感情をいっさい込めず、抑揚のない声であっさり言った。ポケットを探り、携帯電話を取りだす。

「……まさか」

卓は実母の知らなかった一面に、よほど驚愕したのか、転倒しそうになってしまった。

「茂実の愚痴を聞いたのは久子だけじゃない。オフクロさんの幼馴染《おさなな じ》みや高校の同級生、行きつけの喫茶店のママ、出入りの米屋に酒屋、不動産屋、ギャラリーのオーナー、かかりつけの医者も聞いている。長広も茂実の隣で相槌《あいづち》を打っていたそうだ」

サメは母親について証言した人物の写真を卓に見せた。どの人物にも卓は見覚えがあるらしい。卓の顔は醜悪に歪んだ。

「嘘だ」

卓が久子の前に飛びだしそうになったのを、サメが腕ずくで止める。清和と氷川もさりげなく卓の前に立ち、久子を視界から隠した。

「卓くん、サメくんの話を最後まで聞こう」

氷川が潤んだ目で宥めると、卓の怒りが一気に下がった。ご多分に漏れず、卓も氷川の涙には弱い。

「……はい、すみません」

祐と久子は大自然と調和した彫刻作品を悠々と見て回っている。どうやら、箱根出身の久子が祐のガイドを務めているらしい。

美術館内の地図を見ながら、祐と久子の進んでいるコースを確認した。ふたりはそのまま奥に進み、オレンジやレモンが浮かんだ温泉足湯に浸かった後、カフェでお茶を楽しむ予定だろう。

　そんな女に愛想を振りまくらいなら安孫子《あびこ》先生にサービスしてくれればいいのに、と氷川は祐を思わず睨んでしまった。もっとも、すぐに祐の目的を思い出し、慌てて考えを改める。

　サメは卓が落ち着くのを待ってから話を再開した。

「石渡家の財産を処分したのも茂実ではなくオフクロさんだとか？　茂実はオフクロさんに命令されて動いただけだ、ってさ」

　茂実が卓の実母に巧妙に利用されていたなんて、氷川はどうしたって信じられない。卓は血相を変えて否定した。

「絶対に嘘だ」

「卓は亡きオヤジさんの子供じゃなく、オフクロさんが浮気してできた子供……」

　サメの言葉を遮《さえぎ》るように卓は怒鳴った。

「そんなはずはないっ」

　辺りに人はおらず、声を聞かれている心配はない。氷川は何メートルも離れた先に家族連れが歩いている姿を確認した。個性的な彫刻の前では数人の子供が転げ回り、甲高い声を上げている。

　ことの発端は卓の出生まで遡《さかのぼ》らなければならないのだろうか。写真を見る限り、卓は実母の面差しを受け継ぎ、実父には似ていない。身長の高さも実父と卓はまるで違った。けれど、卓の出生について疑われたことは一度もない。

「今さら俺が言うことじゃないが、女の裏の顔ほど恐ろしいものはない。ワルが茂実じゃなくて、オフクロさんだったら？　ありえない話じゃないし、すべてに納得ができる。どうして茂実と再婚したのか、っていう素朴な疑問にも」

強いふりをした弱い女より、弱いふりをした強い女のほうが手強《てごわ》い。おそらく、どんな男も太刀打ちできないだろう。豊富な経験に基づいたサメの理論だ。清和も神妙な面持ちで同意している。

氷川はなんとも形容しがたい気持ちでいっぱいになる。

「ですから、強く押されたら拒めない女なんです。ケンカをしないように、相手を怒らせないように、いつも自分が引いて、卑屈なくらい相手を立てるように叩き込まれているんですよ」

卓は怒りを必死に抑えて、実母について語った。

死人に口なし、卓の母親は茂実の都合のいいように歪曲《わいきょく》されているような気がしないでもない。氷川は茂実のしたたかさを感じた。

「断言できるか？」

サメは探るような目で卓を見つめた。

「断言できます。あれほど、馬鹿でお人よしの女はいない。俺がどれだけイライラさせられたと思いますか?」

実母のもどかしい言動を思い出しているのか、卓の全身が激しく震えた。手を伸ばし、大木の幹を忌々《いまいま》しそうに叩く。

「やっぱり、茂実が大嘘をつきまくっているのかな? 長広も利用して」

サメがニヤリと笑うと、卓は壮絶な怒気を発した。

「それ以外に考えられません」

「オフクロさん、茂実の殺害説が濃くなった」

卓の感情を配慮してか、サメはあくまで見解をサラリと述べる。

「そうなんですか」

「ああ、実は……っと、データは後で見せてやる。姐さん、そろそろ男前のお坊ちゃまと一緒に貸し切り温泉に行ってください」

サメは眞鍋組の核弾頭に危機感を抱いたのか、氷川に箱根観光を指示した。清和も真剣な顔で大きく頷く。

氷川は清和の頬を威嚇するように撫でてから言った。

「サメくん、誤魔化さないでほしい。卓くんのお母様が茂実さんに殺されたのなら、次は長広さんが危ない」

「長広にはマークがついていますから安心……ま、いろいろと殺害方法はありますな」

サメは途中まで自信満々に言いかけ、どこか遠い目で青い空を見上げた。家の中で毒殺でもされたら助けようがない。

「わかっているなら、さっさと動いてほしい。瑠奈さんが死んでいないのなら、どこかで生きているんだよ」

氷川がキリキリと歯を食い縛ると、サメは降参とばかりに手を上げた。

「……姐さん、なかなか鋭いですね。うちの竜虎や海洋シリーズメンバーより冴《さ》えている」

シャチよ、カムバック、とサメは横目で清和を眺めた。諜報部隊随一の凄腕《すごうで》がいなくなった穴が大きくて、以前のような起動力が発揮できていない。

当然、清和は険しい顔つきで雄大な自然に視線を流す。

「瑠奈さん、見つかったの？」

氷川が目を輝かせると、サメは被っていた帽子をくしゃくしゃにした。

「どうしてそんな恐ろしいことを言うんですか？　昨日の今日で見つかるわけないでしょう？　日本列島、そんなに狭いと思っているんですか？」

時に眞鍋組の情報網は国家権力を上回り、非合法な搦《から》め手《て》でターゲットを追い詰めるはずだ。今回、サメの腑甲斐《ふがい》なさが氷川は腹立たしい。

「いったい何をしているの？　呑気におそばなんて食べている場合じゃないんだよ」

どういうわけか、サメがそばの食べ歩きをしているような気がした。いや、食べ歩きとまではいかなくても、美味しいそばを楽しんでいる。

「天麩羅《てんぷら》そばもとろろそばも、どの店で食っても外れがない」

サメは箱根のそばを堪能《たんのう》しているらしく、満足そうに自分の腹部を摩《さす》った。

「サメくん、僕は卓くんと一緒に行く。危険になったら助けてね」

氷川は卓の手を摑むと、出口に向かってぐいぐい歩きだした。もちろん、サメと清和が後からついてくる。

「そこのかわいこちゃん、どこに行く気かな？　箱根饅頭《はこねまんじゅう》あげるからおじさんも連れていってよ」

サメのおどけたセリフを、氷川は背中で聞いた。決して振り返ったりはしない。卓の手も力の限り摑んだまま、死んでも放したりはしない。

「おじさん、とろとろしているからいやだ」

氷川は足早に進みながら、サメに意地の悪い返事をした。

「おじさんも好きでとろとろしているわけじゃないの。箱根で無用な波風を立てないように静かに働いているのよ。だから、ちょっと遅くなっちゃうの」

「卓くんの大事なお父様もお母様もいない箱根で、どんな波風を立てても構わないでしょう」

くわっ、と氷川が牙《きば》を剝《む》くと、卓の目から大粒の涙が溢《あふ》れた。そう、卓のかけがえのない両親はもうこの世にいないのだ。どうやら、卓は今まで耐えていたものが堪えられなくなったらしい。

どこからともなく、子供を呼ぶ父親と母親の声が聞こえてきた。腕白な子供のはしゃぎ声も響き渡る。まるで在りし日の卓を囲む両親だ。

「……す、すみま……すみません」

卓は嗚咽《おえつ》を堪えようとしたが、氷川は聖母マリアのような表情を浮かべた。

「卓くん、泣いてもいいんだよ。いっぱい泣いたほうがいい。声が嗄《か》れるぐらい盛大に泣こうよ」

心地よい箱根の風が頰を撫でる。どんなにいい空気も柔らかな陽《ひ》の光も、卓を癒《い》やしてはくれない。

サメは清和の陰に隠れるようにしてポツリと言った。

「……かわいこちゃんが一番凄いことを言いやがる。そういうかわいこちゃんだと知っていたけど……箱根で波風を立てたら……こんな時に立てたくないな……」

「サメくん、どうして卓くんが悩まなくてはいけないの？　本当ならこんな苦労はしなくてもよかったんだよ。ヤクザなんかにならなくてすんだんだよ。大学で楽しい青春を送っていたと思う」

「ヤクザなんかにって……」

氷川は屋外展示場から建物に入り、出口に突き進んだ。レストランにもショップにも足を止めず、ひたすら早足で歩き続ける。

駐車場に辿《たど》り着《つ》いた時、そんな季節でもないのにうっすらと汗ばんでいた。力みすぎたのかもしれない。

「卓くん、覚悟はいいね？」

氷川は車の前で卓を真《ま》っ直《す》ぐに見つめた。すでに卓の涙は止まっている。

「姐さん、殴り込みですか？」

氷川の迫力からは殴り込みしか考えられないらしい。卓は躊躇いがちに尋ねると、背後に佇《たたず》む清和に視線を流す。

清和とサメは判断がつかず、真剣に思いあぐねているようだ。氷川はすでに腹を括《くく》っている。

「まず、長広さんに会おう」

氷川は後部座席ではなく、助手席に乗り込んだ。

「……叔父に？」

卓は清和に意見を求めようとしたものの、氷川を案じて、素早い動作で運転席に乗り込む。

清和とサメはそれぞれ無言で後部座席に腰を下ろした。辺りに不審者がいないか、いつでも注意は怠らない。

「長広さんは本当の父親みたいな存在だったんでしょう？　いくらおっとりさんでもこれはちょっと不自然だ。卓くんが顔を出したら、罪悪感で知っていることを明かしてくれるかもしれない」

茂実に完全に騙されて利用されているのか、弱みでも握られて操られているのか、定かではないが、叔父の長広がキーマンだろう。

「叔父は優しくておっとりとしていますが、もし何か関係していたら、自分の罪になるようなことは言わないと思いますよ」

何事も人のせいにしてはいけません、すべては自分の責任です、と叔父や亡き母はよく口にした。人格者たる立派な考えだが、言い換えれば、何事も私のせいにしないでください、すべてはあなたの責任です、という責任転嫁の意味も含まれている。

卓は叔父の弱さと同居するズルさを歯痒そうに口にした。

実母の再婚話を初めて聞いた時、卓は叔父に食ってかかっている。何ひとつとしてまともに明言せず、実母の幸福を第一に掲げ、のらりくらりと躱《かわ》されてしまった。当時の卓は自分の無力にのたうち回ったそうだ。

「殴っていいから」

氷川は断固として暴力に反対しているが、今回はその主義を撤回する。言葉でも駄目なら、腕力を使うしかない。

「……脅せ、と？」

卓はだいぶ仰天したのか、ハンドルを握ったまま前屈《まえかが》みになった。

「うん、長広さんもお母様と同じように誰ともケンカしないように生きているんでしょう？　こっちが暴れたら機嫌を取ってくれるかもしれないよ？」

「……化粧を落とします」

卓は覚悟を決めたのか、唇に塗った口紅を袖口《そでぐち》で拭《ふ》いた。

「そうだね」

氷川と卓の特攻を、サメと清和は止めなかった。それどころか、失敗しないように、手筈《てはず》を整えてくれる。一刻も早くカタをつけたいのは誰も同じだ。

背後から氷川と清和をガードしていたワゴン車の中で、卓はシャツとジーンズに着替えた。ウイッグを取り、化粧も落とす。

サメは観光客から弁護士に扮し、ネクタイを締めた。氷川もスーツに袖を通し、ネクタイを締め、インテリエリートのムードを醸しだす。

清和やリキといった強面《こわもて》はワゴン車の中で待機だ。

正々堂々と真正面から行って落としてやる、と氷川と卓が誓った時、サメに緊急連絡が入った。

なんでも、匿名の情報がイワシの携帯電話に寄せられたという。強羅の石渡家の庭に埋められたはずの瑠奈を横浜《よこはま》で見かけたらしい。ホテル暮らしをしているらしく、スパ三昧《ざんまい》の日々を送っているようだ。

「イワシ、その匿名さんは誰だ？」

サメは情報の信憑性《しんぴょうせい》を確かめようとしたが、イワシには見当がつかないらしい。縁のある情報屋や知り合いならば、見返りを求めてきっちりと名乗るはずだ。

「……シャチくん？」

氷川は凄腕なのに不器用だった元諜報部隊のシャチを思い浮かべる。眞鍋組と縁は切っているが、清和や眞鍋組を裏切りたくて裏切ったわけではない。名取グループとの諍《いさか》いが顕著になってきた今、陰から氷川を守っているのかもしれない。

「シャチも姐さんには弱かったからな」

サメはどこか哀愁を漂わせ、誰よりも頼りになる男の名前を口にした。たぶん、匿名の情報源はシャチだ。ゆえに、瑠奈生存の情報は信じるに足りるものだ。

氷川は胸が熱くなり、心の中でシャチに礼を言う。

「瑠奈が生きているならば話は早い。横浜に網を張って瑠奈の身柄を確保しろ。ジュリアスのオーナーに泣きついて、京介《きょうすけ》を借りてくれ。それでカタがつく」

サメは即座に方針を決め、諜報部隊の男たちが動きだした。瑠奈に近づくのは、女性の扱いに長《た》けたカリスマホストが一番だ。ジュリアスのオーナーは橘高《きったか》の義父に恩があるらしく、よほどのことがない限り、協力は惜しまない。卓のプライベートならば、京介も拒まないだろう。

「姐さん、二代目と一緒に貸し切り温泉に浸かっていてください。ついでに卓も連れていってやってください。今の卓は兵隊として使いものにならない」

サメの異常な迫力に押され、氷川は渋々ながらも承諾した。瑠奈が生きていたならば、それですべてが収まる。

氷川は祈るような気持ちで卓の手をぎゅっと握った。

5

霧の深い芦ノ湖《あしのこ》から晴天の強羅《ごうら》、霧と風が凄《すさ》まじい大涌谷《おおわくだに》からかんかん照りの箱根湯本《はこねゆもと》と、情報収集のために精力的に箱根を回った祐《たすく》は、オーバーワークがたたったのか、ソファに腰を下ろしたまま、立ち上がれないようだ。食欲旺盛《しょくよくおうせい》な女性につきあって、食事やお茶に励んだのが繊細な胃に悪かったのかもしれない。しかし、弱音はいっさい吐かなかった。

「祐くん、無理をせずにベッドに行こう」

氷川《ひかわ》は二階にあるベッドルームを差したが、祐には譲れない一線があるらしい。ソファに深く座り直す。

「姐《あね》さん、危ない真似《まね》はしないでくださいよ」

祐に真顔で釘《くぎ》を刺され、氷川は大きく頷《うなず》いた。

「わかっているから」

今から氷川は兵隊の一員として強羅の石渡家《いしわたりけ》に乗り込む。体調不良で待機する祐は、気が気でないらしい。

「俺の寿命は姐さん次第だと思ってください」

「清和《せいわ》くんがいるから大丈夫」

「姐さん……姐さんがそれを言いますか？」

　こんなところで祐の嫌みに耳を貸す義理はない。

「もうなんでもいいから、さっさとベッドで休みなさい」

　もし、卓《すぐる》が我を失ったら、一番早く止められるのは氷川だろう。氷川は卓のストッパーとしてついていくことを許された。また、氷川も情緒が不安定な卓が心配で、そばを離れる気がなかったのだ。記憶が正しければ、こんな卓を見たのは初めてである。態度には出さないが、清和やリキも困惑しているようだ。

「オヤジからの言伝《ことづて》だ。野郎ども、ぬかるな」

　清和は義父直伝の殴り込みのセリフを口にすると、周りにいた男たちはいっせいに声を上げた。

「やってやるぜっ」

　一際《ひときわ》威勢のいい声の主は、東京から駆けつけた眞鍋《まなべ》組の特攻隊長だ。真っ黒なライダースーツに身を包んだ宇治《うじ》も気勢を上げた。

「生まれてきたことを後悔させてやれ」

　霧の深い今夜、決行するにはちょうどいい。

　氷川はパーカとジーンズ姿の卓とともに、眞鍋組のワゴン車に乗り込む。前方を疾走している大型バイクのライダーはショウだ。暴走族時代の血が騒いでいるのか、やけに乱暴な運転だ。背後を走るバイクに乗車しているのは宇治である。

途中、リキが選《え》りすぐりの精鋭を連れ、氷川と清和を乗せたワゴン車から離れた。京《きょう》介《すけ》から待《ま》ち詫《わ》びていた連絡が入る。

着々とミッションは進んでいた。

「大丈夫、今夜、卓くんの霧が晴れるよ」

氷川が優しく声をかけると、卓は緊張を解《と》いたようだ。

清和も卓の肩を鼓舞するように叩《たた》いた。


昼間、茂実《しげみ》が会っていたのは、不動産会社の社長だった。小田原《おだわら》に囲っている愛人に飽き、マンションごと売り払いたいらしい。そこで、不動産会社の社長に買い手がいるか打診していた。祐の仕掛けの効果か、関連会社から話が入ったらしく、不動産会社の社長は強羅の石渡家の売買を持ちかけた。

茂実は強羅の石渡家の売却はその場で断ったらしい。

夜、茂実が夕食を摂《と》るために外出した時を見計らい、眞鍋組の諜報部隊《ちょうほうぶたい》は石渡家に忍び込む。先頭は邸内を熟知している卓だ。

「ここの下です」

卓がしっとりとした趣《おもむき》のある庭の隅を指で差すと、諜報部隊の男たちが地面を掘り起こした。氷川は清和とともに無言で見守る。

どのくらいたったのか、呆気《あっけ》ないくらい簡単にマネキン人形が出てきた。瑠奈《るな》の代わりに埋められたものだ。

「……マネキン？　あの時、茂実と叔父はマネキン人形を埋めていたのか？」

どうして気づかなかったんだ、という自責の念が卓には大きい。氷川が卓の背中にそっと触れた時、和服姿の長広《ながひろ》がリキに連れられてやってきた。

「……す、す、す、卓くん？　卓くんなのかい？　本当に卓くんなのかね？」

長広はげっそりとやつれ果て、人相《いちじる》も著しく変わっている。氷川ならば即刻入院させ、精密検査を受けさせるだろう。

卓は作り笑いを浮かべ、軽く右手を上げた。

「叔父さん、久しぶり。茂実と違って一気に老《ふ》けたね」

卓が庭の隅から縁側に向かって悠々と歩きだす。長広はよろよろしながら、縁側から庭に降り、地面に手と頭を擦《こす》りつけた。

「お、お母さん……佳乃《かの》さんが……佳乃さんが……佳乃さんまですまない」

卓は血の繫《つな》がった叔父の土下座なんて見たくなかったのだろう。暗い目で叔父の後頭部を見下ろした。

「オヤジとオフクロを殺したのは茂実か?」

卓は怒鳴りたかったのだろうが、懸命に感情を押し殺している。掠《かす》れた声が痛々しかった。

「茂実が兄さんを殺したなんて知らなかったんだ……すべて、すべて、悪いのは私だ……私が甘かったんだ」

大学時代、芸術鑑賞という趣味と同じ旧家出身同士ということで、性格も考え方もまるで違うのに、茂実と長広は友人になった。

自分に相応《ふさわ》しい仕事がないと主張して、茂実は大学を卒業しても定職に就《つ》かず、ブラブラと遊んでいたが、恋人の真奈《まな》を妊娠させてしまった。

茂実は真奈に堕胎するように迫った。

だが、真奈は頑として承諾せず、強引に出産した。この時、生まれたのが瑠奈だ。

茂実はとうとう折れ、真奈と結婚し、瑠奈を認知したらしい。けれど、実家の甘粕家《あまかすけ》からは勘当を言い渡されてしまった。

かくして、茂実は金に困ったが、実家からの援助は望めない。そもそも、当時、実家も名前だけで内情は火の車だった。

茂実は真奈と生まれたばかりの瑠奈を連れ、裕福な石渡家の次男坊に泣きついた。

『長広、頼む、助けてくれ。生まれたばかりの赤ん坊を殺すわけにいかないんだ。赤ん坊を救ってくれ』

長広は気位の高い茂実の涙に困惑したという。

『兄にも男の子が生まれたんだ』

人のいい長広は同情し、茂実にまとまった金を貸した。

以来、茂実は金がなくなると真奈と瑠奈を連れて、長広にたかるようになったのだ。細く長く、呆《あき》れるぐらい何年も。

長広は稀少価値が高いお人よしかもしれない。

「私は本当に愚かだった。赤ん坊の泣き声にほだされてしまった。生まれた子供にはなんの罪もないからね」

長広はどこか遠い目で過去の自分を叱責《しっせき》した。

「オヤジやオフクロでも叔父さんと同じことをしていたかもな」

卓は冷たい目で世情に疎《うと》かった自分の両親を揶揄《やゆ》した。彼なりの長広に対する慰めかもしれない。

茂実は詩人と称していたが、創作活動はろくにしていないし、本人にその意欲もないだろう。働かない理由にしているフシもあった。

もっぱら、あくせく働いて子供と夫を養うのは真奈だ。しかし、真奈の稼ぎなど、たかがしれている。

何度も茂実に金を無心され、さすがの長広も逃げだした。茂実が来ても居留守を使うようになったのだ。第一、瑠奈もすでに幼い子供ではなくなっていた。

だが、茂実の悪行はこれからだった。長広を保証人に仕立て上げ、真奈に借金をさせたのだ。

長広が気づいた時、真奈の借金は莫大《ばくだい》な額になっていた。

『茂実、これはどういうことだ？』

『僕に言わないでくれ。文句は真奈に言ってくれ』

茂実はすべての罪を真奈になすりつけた。

『真奈さん？　真奈さんはどこにいる？』

『真奈とは別れた。瑠奈も連れて出ていったんだ。行き先はわからない』

どんなに茂実に掛けあっても無駄だ。しばらくすると、自宅に借金取りが来るようになり、長広は思い余って兄である卓の実父に相談した。

卓の実父は顧問弁護士に連絡を入れ、茂実と真奈を訴えようと準備をしたのだ。その矢先、卓の実父は事故で亡《な》くなってしまった。

「……まさか、まさか、茂実が兄さんに……兄さんを……」

長広は言葉に詰まり、最後まで話せないが、内容は卓だけでなく氷川にもわかった。茂実は石渡家の資産を狙《ねら》って卓の実父を殺したのだ。長広というとっておきの金蔓《かねづる》を逃したくなかったのだろう。

「オヤジが死んで一年後、どうしてオフクロに茂実との再婚を勧めた？」

卓が強い口調で尋ねると、長広はしゃくりあげた。

「茂実が……泣き続けている佳乃さんと卓を幸せにすると誓ったからだ」

家に閉《と》じ籠《こ》もり、嘆き悲しむ佳乃に、長広もやりきれなくて仕方がなかったらしい。母親が父親の後追い自殺をしていないか、一時、卓はおちおち学校に通うこともできなかった。佳乃の涙に右往左往する卓も哀れでならなかったという。

学生時代も卒業後も茂実は女性にとても人気があった。佳乃を前向きにさせてくれるなら、誰でもよかったのだ。

「嘘《うそ》に決まっているだろう。どうしてそんなこともわからないんだ」

卓が忌々《いまいま》しそうに地面を蹴《け》ると、長広は大粒の涙をぽろぽろと零《こぼ》した。

「茂実も泣いて……泣いて……泣いて頭を下げたんだ。……金の問題もあった」

長広は切実でいて切羽詰まった問題を吐露した。

「勝手に保証人にされた借金なんて払う必要ないんだぞ？　そんなことも知らなかったのか？」

卓が大声で怒鳴ると、長広はがっくりと肩を落とした。

「私の印鑑を勝手に持ちだしていたんだよ」

まさか、そんなことまでするなんて、と長広は地面に小さく呟《つぶや》いている。人を疑うことを知らない長広は、茂実を本気で信じていたのだろうか。

「どうして、茂実が印鑑の場所を知っているんだ?」

「わからない」

「馬鹿《ばか》かっ」

卓でなくてものほほんとした長広には罵倒《ばとう》しか出ない。氷川は口をあんぐり開け、清和の隣で固まった。

俺から見れば先生も同類、と清和が独り言のように呟いた時、観光客に扮《ふん》したサメが静かに現れた。

「長広さん、瑠奈は死んでいません。知っていましたか?」

サメの背後には瑠奈を抱きかかえた京介がいる。

夜、ライトに照らしだされた京介の美貌《びぼう》には喩《たと》えがたい陰があった。瑠奈に真相を聞きだし、他人事《ひとごと》ながら怒りを覚えたようだ。

「……あの時、私は何を見ていたんだろう? 卓くんが瑠奈ちゃんを過って殺してしまったのだと思い込んでいた……私はどうしてこんなに……いや、茂実がこんなひどいことをするなんて……」

長広は過去を悔いるが、すでに手遅れだ。

「夜、冷静さを失った長広さんと高校生の卓を騙すこと、茂実と瑠奈ならばそんなに難しくないと思います」

サメの低い声が夜の静寂に朗々と響く。

「私が埋めたのは瑠奈ちゃんの遺体じゃなかったのだね」

長広は掘り起こされたマネキン人形を虚《うつ》ろな目で眺めた。

「長広さん、この期に及んで隠しだては無用に願いたい。佳乃さんと再婚する時、茂実が連れてきた瑠奈さんをおかしいと思いませんでしたか？」

サメは責めるでなく、宥《なだ》めるでなく、事務的な口調で長広に尋ねた。氷川は質問の意図がわからず、怪訝《けげん》な顔でサメと長広を交互に眺める。卓も同じ気持ちらしく、サメと長広を何度も順番に見た。

「少し見ないうちに変わっていたが、女の子はそういうものだと聞いたんだよ」

茂実が離婚した際、一粒種の瑠奈は母親の真奈が引き取った。数年、長広は瑠奈を見なかったという。

石渡家に佳乃の再婚相手として乗り込む時、突如として瑠奈は現れた。子供時代の面影はなく、色気のある可愛《かわい》い女性に成長していたそうだ。

「本当の瑠奈は真奈と一緒に鬼怒川《きぬがわ》にいます。茂実が石渡家に連れてきたのは娘ではなくて歳《とし》の離れた愛人です」

サメに衝撃の事実を聞いた時、氷川は心臓が止まったかと思った。清和も予想していなかったらしく、傍《かたわ》らで低く唸《うな》っている。

卓は口をパクパクさせて、京介が抱きかかえている瑠奈を指で差した。ワインとブランデーで酔いつぶれ、瑠奈は夢の中を彷徨《さまよ》っている。

「本名は明日香《あすか》ちゃん、家出娘です。家を飛びだして、部屋に泊めてくれる男なら誰でもよかったらしい。女優志望で演技には自信があったようだ。卓より四つ上ですよ」

瑠奈だとばかり思っていた女性が別人だった。同い年ではなく四歳も年上だった。なんでも、祐が不審に思い、諜報部隊に探らせたらしい。

「……叔父さん、どうして気づかないんだ?」

卓は惚《ほう》けた顔で氷川が聞きたかったことを口にした。

「瑠奈ちゃんだと茂実が言ったんだよ」

長広は涙目で京介に抱きかかえられている明日香を差した。人間はみんな正直だと思っているのか、長広は信用できない男の言葉を鵜呑《うの》みにしている。

「そ、それだけであっさり信じたのかよ」

「だから、言ったじゃないか、まさか、茂実がこんな……こんなに……まさか……こんな……まさか……」

長広の言葉は要領を得ないが、それが今までの経緯を表している。一言で表現すれば、長広が甘すぎたのだ。茂実に侮られた挙げ句、食い込ませてしまった。長広がきつい性格をしていたら、茂実は借金の申し込みもしなかっただろう。

「瑠奈になりすましていた女は今までどこに隠れていたんですか？」

卓が素朴な疑問を口にすると、サメは飄々《ひょうひょう》とした様子で答えた。

「横浜《よこはま》だ」

茂実は愛人を伊豆《いず》と小田原に囲っていた。伊豆と小田原に比べれば訪ねる回数は少ないし、マンションも所有していないが、幾度となく横浜にも足を運んでいた。今日、飛び込んできた匿名情報と合致する。

瑠奈こと明日香の存在を突き止めたら、白馬に乗った王子様を体現している京介の出番だ。すでに京介は口当たりのいいワインを傾けつつ、明日香からあらいざらい聞きだしているという。

「オフクロはどうして殺されたんですか？」

卓の怒りを抑えた問いに京介が答えた。

「明日香は茂実にたかってホテル暮らしをしていたんだ。一度、贅沢《ぜいたく》を知ってしまうともう元には戻れない。茂実に要求する金額が増えていった」

茂実は石渡家から財産を引きだしたが、明日香には金銭をせびられている。特に今回の要求額は尋常ではない。

茂実は明日香の要求を無視し、まとまった金を渡さなかった。結果、焦《じ》れた明日香が箱根に乗り込んだのだ。

『パパ、私、今から強羅に行くからね』

明日香は箱根湯本駅から茂実に連絡を入れ、思い切り揺さぶりをかけた。瑠奈が生きていると佳乃が気づけば、さすがにどんな展開になるかわからない。

『明日香、待ちなさい。金を持ってそっちに行くから……あ、鎌倉《かまくら》で待ち合わせないか？　明日香お気に入りの店があっただろう』

『いや、箱根がいい』

明日香はしたたかに立ち回り、茂実から大金を巻き上げようとした。

そういう運命だったのか、箱根湯本を茂実と歩く明日香を、たまたま恩師の見舞い帰りの佳乃が見かけたのだ。

『……瑠奈ちゃん？　瑠奈ちゃん？　瑠奈ちゃんなのね？　どういうこと？　説明してちょうだい』

佳乃が血相を変えて瑠奈こと明日香に駆け寄ったのは言うまでもない。明日香はサングラスをかけ、髪の毛の色も変えていたらしいが、同じ女である佳乃の目は騙《だま》せなかったようだ。

『佳乃、これには深いわけがあるんだ。落ち着きなさい』

茂実は慌てて宥めようとしたが、佳乃は一種の錯乱状態に陥《おちい》った。

『……卓くん……卓くん……卓くんを返して……ああ、卓くんの言う通り、警察に行けばよかった……卓くん、許してちょうだい、私が愚かでした……どうしてこんなことになってしまったの……』

茂実と明日香によって、佳乃は車に強引に押し込められた。そして、霧の深い芦ノ湖に連れていかれ、佳乃は崖《がけ》から突き落とされたのだ。

「オフクロ、死ぬ直前でやっと気づいたのか」

卓は目を真っ赤にして、実母の最期《さいご》を聞いた。

「……佳乃さんが……佳乃さんがあんな日にわざわざ山道を歩くはずがない。私は茂実を問い詰めた」

長広はそこまで言うと、地面に突っ伏して続けた。

「茂実に笑われた」

長広の号泣が日本情緒を凝縮したような庭園に響き渡る。

春には桜、梅雨にはアジサイ、秋には紅葉など、かつてこの庭園では石渡一族が集い、四季折々の美しさを堪能《たんのう》していた。

「……もう」

氷川が溜《た》め息交《いきま》じりに漏らすと、清和やリキも低く唸った。一連の不幸は長広の迂闊《うかつ》さから始まっているが、彼を責めるのは酷かもしれない。純粋なお坊ちゃまというより、どこかのネジが完璧《かんぺき》に外れている。

「叔父さん、どうする気だ?」

卓が真剣な目で今後を問うと、長広は力なく答えた。

「もう死にたい」

長広の答えを聞き、氷川の全身に怒りが走った。傍《かたわ》らにいる清和やリキ、京介も顔には出さないが憤慨している。

「じゃ、死ねよ」

卓がぞっとするような冷酷な声で言うと、長広は俯《うつむ》いたまま返事をした。

「そうする」

長広は地面にじっと蹲《うずくま》っているだけだ。卓の怒りが通り過ぎるのを待っている気配があった。

あまりの長広の情けなさに、氷川は頭が割れそうだ。施設育ちで養父母にも恵まれなかった氷川にしてみれば、到底、長広は理解できる人種ではない。襟首を摑《つか》んでこんこんと説教でもしてやりたい。

「長広さん、あなたは自分の責任をどう考えているんですか？」

無意識のうちに、氷川の口から長広に対する詰問が飛びでた。

「……私が愚かだったんです……全部、私が愚かだったんです……私が……私が愚かだったんです……もう誰も信じられない……もう死にたい……」

逃げ口上にしか聞こえなかった。

長広には妻も子供もおり、温かい家庭を築いている。今でも家出して行方が知れない卓を、長広の妻や子供は案じ、帰る場所を作って待っていた。塔之沢《とうのさわ》にある長広の屋敷に用意した卓の部屋の掃除を欠かさない。

「死にたい、なんて泣き言を言っても、事が事だけに逃げられませんよ」

「もう死にたい……死にたい……どうしてこんなことになったんだ……大学で幼馴染《おさななじ》みに茂実を紹介されなければこんなことにはならなかったのに……茂実の実家は由緒正しい家柄でご両親も立派な方だったんですよ……父親は勲一等を授けられています……茂実がこんなひどいことをしているなんて知っているのでしょうか……私にだけこんなにひどいのでしょうか……」

まともに相手をしても無駄だ、と氷川は肩を落とした。おそらく、卓も同じ気持ちなのだろう。

「叔父さん、殺してやるから楽しみに待っていろよ」

卓がぞっとするような冷たい表情を浮かべた時、サメの携帯電話に連絡が入った。茂実が夕食を終え、帰宅したのだ。

卓の身体に緊張が走り、清和の双眸《そうぼう》が一段と鋭くなった。

「先生、これからは出るな」

清和に静かに止められ、氷川は憂いに満ちた顔で頷いた。

今から茂実への制裁が始まる。

氷川は警察に通報し、殺人事件として処理させたかったが、卓は頑《かたく》なに拒んだ。極道らしく自分の手でケリをつけたいという。また、長広の息子の将来に支障をきたすようなことはしたくないそうだ。警察沙汰《けいさつざた》にすれば、実際に罪を犯していなくても、長広にはなんらかの累が及ぶ。

茂実を殺すのか、殺さないのか、死より重い罰を与えるのか、いったいどうするのか、卓も清和も明言しなかった。指の一本や二本、詰めさせて終わる話ではないだろう。そもそも、茂実はヤクザではない。

これ以上、氷川は関《かか》わらないほうがいい。氷川は京介とともに眞鍋組の兵隊が息を潜める石渡家の裏門から出た。夜の強羅は物悲しいくらい静まり返っている。辺りに人影はない。

「先生、泣いているんですか?」

京介に指摘されるまで、氷川は自分が涙を零していることに気づかなかった。

「長広さんじゃないけど、なんでこんなことになったんだろうね」

長広の弱々しい泣き言が、氷川の耳にこびりついて離れない。

「瑠奈に化けた明日香に話を聞きました。ペラペラ喋《しゃべ》ってくれましたが、長広さんや佳乃さんを完全にナメていたんですよ」

京介に促されて氷川はゆっくり歩きだした。

「長広さんや佳乃さんならば何をしても気づかないし、気づいたとしても怒らない？　強く言えばおとなしくなる？　そう思っていたんだね？」

ナメられたら終わり、と卓は真摯《しんし》な目で言っていた。清和やリキ、眞鍋組の幹部も口を揃《そろ》える。名取《なとり》グループに関する問題も、秋信《あきのぶ》社長に侮られたことが最大の要因だ。人と人との関係はその一言に尽きるのだろうか。

「はい、ネックがお坊ちゃまのくせに扱いづらい卓だったそうです。茂実も明日香も卓排除のために念入りな作戦を練ったそうですよ」

明日香が豊満な身体で迫れば、卓は呆気《あっけ》なく落ちると踏んでいたらしい。籠絡《ろうらく》できない卓に焦れたそうだ。

「卓くん、可哀相《かわいそう》に……」

本来ならば銃弾の飛び交う中、清和のために身体を張らなくてもいいのだ。卓には陽《ひ》の当たるコースが用意されていた。

「卓はそうやって先生に同情されるのはいやだと思いますよ」

京介はキザったらしく派手に肩を竦《すく》め、卓の心情を明かした。

「そうなの？」

「あいつ、姐さんに命を捧げる眞鍋の男ですから」

今の自分に不満はない、と京介は卓の心情を代弁する。

「もうっ……」

氷川の頰を伝う大粒の涙を京介がハンカチで拭《ぬぐ》った頃、卓は上半身裸で茂実の前に立ちはだかっていた。周りには極彩色の昇《のぼ》り龍《りゅう》や虎《とら》を晒《さら》した屈強な極道がいる。ショウも毘沙《びしゃ》門天《もんてん》で茂実を出迎えた。

「……ひっ？」

一目でヤクザの団体だとわかったらしく、茂実は後ろを向いて逃げようとした。けれども、凄《すさ》まじい迫力を漲《みなぎ》らせた眞鍋組の極道たちが行く手を阻《はば》む。宇治の手には抜き身の日本刀があった。

「茂実お義父様《とうさま》？　お久しぶりです。義理とはいえ息子の顔を忘れましたか？　石渡《いしわたり》卓ですよ？」

卓は空々しい笑顔を浮かべ、震えている茂実に近寄った。

る。

　未《いま》だかつてこんなに怯《おび》えている茂実を見たことは一度もない。卓の目には滑稽《こっけい》にさえ映る。

「俺、瑠奈お義姉《ねえ》さんが明日香さんでお義父様の愛人なんて知らなかったよ。本当のお父様とお母様を茂実さんが殺したことも知らなかった」

　卓はのっそりと近づき、茂実との距離を縮める。

「……誤解だ、誤解だよ」

　茂実は必死になって左右の手を振った。

「俺、家を飛びだしてからいろいろと大変だったんだ。見ての通り、ヤクザになっちゃった。親不孝者、って姐さんに怒られちゃったけどね」

　卓は軽く両手を上げ、おどけたように茂実の前で一回転した。背中に刻んだ極道の証《あかし》を見せつける。

「……誤解だ。話し合えばわかる」

　茂実は再会した卓をどうやって騙すか、死に物狂いで頭を働かせているようだ。真実を明かし、謝罪するつもりはない。

「俺はもう高校生のガキじゃない。ヤクザだよ。覚悟しているね」

　卓は宇治から日本刀を受け取ると、殺気を込めて茂実の首先に突きつけた。この距離ならば間違いはない。

「……け、け、警察」

茂実は恐怖のあまり、その場に尻餅《しりもち》をついた。床でガタガタと無様に震えている。

男は土壇場で決まると言われているが、茂実からはなんの気概も感じられない。悪党としての美学も哲学も持っていないようだ。

「警察を呼ばれて困るのはどちらだ？」

リキが日本刀を振りかざしながらドスを利かせると、清和が茂実を真上から威嚇するように言った。

「よくもうちの男にナメた真似しやがったな」

「……長広、長広が……実は長広の指図で動いたんです。長広には恩があり、逆らうことができなかった」

茂実は泣きそうな顔で自分の罪を長広に押しつけようとした。哀れな男の悲哀が漂っているので、何も知らなければコロリと騙されてしまうかもしれない。

不器用なまでに真《ま》っ直《す》ぐに生きている眞鍋の男たちにとって、茂実は軽蔑《けいべつ》に値する小物だった。

ぺっ、とショウは唾《つば》を吐き捨てている。

「長広叔父さんも明日香もそこにいる」

卓は奥の部屋で蹲《うずくま》っている長広と明日香に視線を流した。

相変わらず、明日香はアルコールで酔っぱらって幸せそうに寝ている。長広は卓がヤクザになったと知った途端、ショックで失神してしまったのだ。長広の記憶の中で、今でも卓は活発で屈託のない純粋な少年のままらしい。いったいどこまで弱いのか、誰もが長広には呆れ果てた。

「長広が何を言ったのか知らないけれども、どうか、どうか、一度でいいから私の言葉を信じてほしい」

度を越したお人よしの長広や佳乃だったら、ここで茂実の言葉に耳を傾けてしまうのかもしれない。

「どんな作り話が聞けるのか、楽しみだな」

卓は怨讐心《えんしゅうしん》を隠さず、ニヤリと笑った。

6

芦《あし》ノ湖《こ》にある一軒家に帰り、氷川《ひかわ》は温泉風呂《おんせんぶろ》に浸かった。それから、待機していた祐《たすく》や京介《きょうすけ》とともに、大涌谷名物《おおわくだにめいぶつ》を食べながら首尾を待つ。

「この黒たまご、ひとつ食べると寿命が七年延びるそうです。食べてみればわかります。カラが黒いので中も黒いのかと思いましたが、普通の茹《ゆ》でたまごです」

祐が大涌谷名物の代表格である黒たまごについて楽しそうに語った。

水蒸気や硫化水素、二酸化硫黄《にさんかいおう》の火山性ガスが噴きだしている大涌谷で、たまごを約八十度の温泉池で茹でて黒くしてから、約百度の蒸したものだ。延命長寿の効果があるといわれる黒たまごの袋には記されている。

「本当にひとつで七年寿命が延びるなら、僕は清和《せいわ》くんにいっぱい食べさせる。うん、祐くんにも京介くんにもショウくんにも……眞鍋《まなべ》組のみんなに食べさせるよ。黒たまごを買い占める」

氷川は黒たまごの袋をじっと凝視した。ワゴン車に満載して、眞鍋組の男たちに届けたい。清和の義父母にも食べさせる。

「姐さん、そんなに思いつめないでください」

祐がニジマスの甘露煮を箸《はし》で突きながら苦笑を漏らすと、京介はテーブルに並んだ黒い名物シリーズを差した。

「黒たまごに黒チョコに黒ケーキに黒饅頭《くろまんじゅう》に黒クッキー？　誰がこんなに買ったんですか？」

摩訶不思議《まかふしぎ》の代名詞と化している眞鍋組の信司《しんじ》は東京で留守を守っている。京介は信司のほかに黒い名物シリーズを買《か》い揃《そろ》える男が想像できないらしい。

「俺が買った」

「祐さん、大涌谷に行ったんですか？」

彫刻の森美術館で久子《ひさこ》と別れた後、祐は次のターゲットの元に向かっている。箱根《はこね》で王子様役ができる男がほかにいないからだ。

大涌谷は約三千年前に箱根火山最後の水蒸気爆発を起こした爆裂火口ゆえ、辺りは荒涼としており、明治《めいじ》時代までは『大地獄』や『地獄谷』と呼ばれていた。明治天皇が訪問するに当たり、名前が『大涌谷』に改称されたのだ。日によって、ロープウェイを降りた辺りで、硫黄の臭いが鼻につく。

「卓《すぐる》のオフクロさんの友人から話を聞くために、口が軽くなりそうな場所を選んだつもりだったんだが」

本部で指令を出す策士が、箱根では兵隊としてミッションに参加している。祐は祐なりに傾向と対策を練ったらしい。

「ターゲットは箱根在住の女性でしょう？　普通の主婦が祐さんみたいな男と一緒にいたら、ご近所の井戸端会議の噂《うわさ》に上りますよ。せめて小田原《おだわら》に出ればよかったのに」

「いや、俺は箱根観光にやってきたという触れ込みで行ったんだ。箱根を回らないわけにはいかない」

ターゲットに近づく筋書き通りに、祐は行動したようだ。氷川は黒ケーキの袋を破りつつ、祐の言葉に耳を傾けた。

「それで？　ロープウェイで大涌谷に？」

ロープウェイから眺める大自然は後世に残さなければならない財産だ。

「箱根湯本も強羅《ごうら》もいい天気だったのに、早雲山《そううんざん》からロープウェイに乗って……標高が高くなるにつれておかしくなってきたんだ。周りは真っ白、景色は何も見えない。おまけに、風がきつい」

よほど肝を冷やしたのか、空中散策を語る祐の美貌《びぼう》は引《ひ》き攣《つ》りまくっていた。氷川は食べかけの黒ケーキを手にしたまま、まじまじと祐を眺める。

「ロープウェイ、揺れたでしょう？　女性が怖がったら肩でも抱いて、甘く囁《ささや》けば、それで情報は手に入るんじゃないですか？」

華やかなカリスマホストが女性の落とし方を口にすると、祐は苦悩に満ちた表情で首を左右に振った。

「ロープウェイは落ちるんじゃないかと思うくらい揺れた。女は平気な顔をしていたが、俺がヤバくなった」

悪天候の中の空中散策は、祐の神経を疲弊させるものだったらしい。氷川は口をポカンと開けたが、京介は感心したように微笑《ほほえ》んだ。

「祐さん、つくづく実戦派ではありませんね」

「話はまだ終わっていない。大涌谷駅で外に出たんだが、霧と風に参った。風に吹き飛ばされなかったことが不思議だ」

霧で視界が遮《さえぎ》られた中、想定外の突風に襲われ、祐はターゲットを優しく支えるつもりが、反対に支えられたという。しかし、そんな祐にターゲットは母性本能をくすぐられたらしい。黒いカレーを食べつつ、知っている限りの情報を世間話の一環として教えてくれた。

ちなみに、ライスに載せられたカリカリのスライスアーモンドが香ばしく、黒カレーと絶妙にマッチしたという。

「飛ばされなくてよかったですね。眞鍋のメンツにかかわりますよ」

京介は数多《あまた》の女性を虜《とりこ》にする王子様スマイルで皮肉を飛ばした。

「ああ、俺もそう思う」

祐と京介がたわいもない話で場を持たせている。少しでも氷川の心を和《やわ》らげようとしているのだ。

言うまでもなく、清和や卓の顔を確認するまで、氷川は落ち着かない。警察を介入させたほうがよかったのではないか、茂実の罪を白日のもとに晒《さら》したほうがよかったのではないか、復讐《ふくしゅう》を命がけで止めたほうがよかったのではないか、内心では今でもさんざん迷っている。口に運んだ半生の黒ケーキがポロポロと零《こぼ》れ落《お》ちた。

「姐さん、そろそろ寝ましょう。俺も寝ます」

氷川を見るに見かねてか、祐がソファから腰を上げた。京介も同意するように相槌《あいづち》を打っている。

確かに、ここで氷川が思い悩んでも仕方がないのだ。氷川は二階の寝室に上がり、ベッドに横たわった。

窓の外は相変わらず霧に包まれ、嵐と言っても差《さ》し支《つか》えない風が吹いている。

どんなに夜が更けても、清和と卓は戻ってこない。うとうとしかけた時、寝室のドアがそっと開いて、思いがけず清和がひょいと顔を出した。

「清和くん、お帰りなさい」

氷川が上体を起こすと、清和は困惑したようだ。

「起きていたのか」

清和は休むつもりはなく、ただ単に氷川の寝顔を確認しに来ただけらしい。それでも、ベッドのそばに近寄った。

「寝られるわけないでしょう。卓くんは？」

氷川が掠《かす》れた声で尋ねると、清和は淡々と答えた。

「無事だ」

それ以上は何も聞くな、と清和が冷たい双眸《そうぼう》で語っていた。氷川の眼底に茂実《しげみ》と明日香《あすか》の処遇が浮かび上がる。どうしたって、知《し》らず識《し》らずのうちに口が動いてしまう。

「……警察沙汰《けいさつざた》にはしないんだよね？　でも、罪を償わせたんだよね？」

公にせずとも、いくらでも罪を償わせる方法はある。それこそ、僧侶《そうりょ》になり、菩提《ぼだい》を弔い続ける贖罪《しょくざい》の仕方もある。氷川としては茂実には己の罪を悔い、天に召されるまで贖罪の道を歩んでほしい。

「ああ」

清和が機械のように応《こた》え、氷川の身体《からだ》を抱き締めた。

一瞬、ふたりの間に静寂が走る。

何も聞かず、知らないふりはできない。答えには気づいているが、氷川は確かめずにはいられなかった。

「……殺したの？」

人の命は決して軽くはない。茂実は卓の両親を手にかけ、卓からすべてを奪い去った。断罪に値するが、法律上、卓が手を下すことは許されない。

「卓はヤクザだ」

学生風の容貌をしていても、卓はすでに眞鍋組の極道だ。両親の仇《かたき》を警察に委ねたりはしない。

第一、卓が眞鍋組の構成員である以上、警察の追及が厳しくなるだろう。茂実もここぞとばかりに卓を悪に仕立てるはずだ。

「それは知っているけど……」

「俺はヤクザだ」

清和は氷川に言い聞かせるようにトーンの低い声で宣言した。

「それもよく知っているけど……もうちょっと……」

かつて清和は自分を騙《だま》した輩《やから》に死ぬよりつらい屈辱を与えた。地を這《は》う輩を見て表情を変えない清和に対する畏怖《いふ》が不夜城に広まったという。

「嬲《なぶ》り殺《ごろ》してはいない」

箱根中に散らばっている親戚《しんせき》のため、弟とも思う従弟《いとこ》のため、茂実と明日香を転落死に見せかけて殺した。

霧が深い夜、崖《がけ》から突き落としたのだ。

卓の母親が茂実に突き落とされた場所でもあった。

「……うっ」

人の命を預かる医師として、殺人を聞いて何も思わないではない。新しい眞鍋組を構築しようとしているのだから、暴力的な行為は慎んでほしかった。そこまでするとは予想しなかったのだ。けれど、眞鍋組の二代目姐《あね》の座にいる以上、卓も清和も非難しかねる。極道を愛した氷川は凄《すさ》まじいジレンマに陥った。

「だから、東京に帰れと言ったんだ」

清和が吐き捨てるように言ったので、氷川は長い睫毛《まつげ》に縁取られたガラス玉のような目を大きく揺らした。

「最初から殺すつもりだったの？」

「俺はそのつもりだった」

箱根の夜がそうさせているのか、清和は口数が多く、普段ならば隠しているような本心を明かす。

「……清和くん、最初から？　最初からなの？」

氷川は縋るように清和の広い胸を摩《さす》った。

「俺はこういう男だ」

卑下するでもなく、誇るでもなく、清和は冷酷な目で自分を称す。改めて氷川に自分が何者であるか伝えようとしているのかもしれない。

清和が眞鍋組の頂点に立って以来、古い体制を粛清し、新しい組織作りを試みていた。今、また、新たな過渡期を迎えているのだろうか。

極道界のみならず社会の移り変わりは目まぐるしい。

「……やっぱり、名取《なとり》グループの秋信《あきのぶ》社長の秘書の佐々原《ささはら》さんも最初から殺すつもりだったの？」

ふと思い当たり、氷川は身体を震撼《しんかん》させた。

「ああ」

清和は正々堂々とビジネスでも勝ち、なおかつ裏でも攻撃するつもりだったらしい。不《ふ》遜《そん》な態度から佐々原抹殺の理由が明確にわかる。

「ヤクザだから？」

氷川の質問に清和は躊躇《ちゅうちょ》せずに即答した。

「そうだ。シャチも覚悟していたはずだ」

シャチは佐々原が抹殺されると気づいていながら、忠告もガードもしなかったようだ。妹や姪《めい》の幸福を願っていても、極道の世界の真髄を知っているからかもしれない。また、秋信社長の命で佐々原が性懲《しょうこ》りもなく桐嶋《きりしま》組に声をかけたので、唖然《あぜん》とするとともに匙《さじ》を投げたのかもしれない。

ヤクザに挑んだほうが馬鹿だ、と清和は心の中でほくそ笑んでいる。眞鍋組の幹部の考えは一致しているに違いない。

「橘高《きったか》さんの古い仁義や義理に縛られているくせに」

もどかしくなるぐらい古臭いしがらみに囚《とら》われていたのは誰だ、と氷川は懇々《こんこん》と問い詰めたくなる。

氷川が理解していた仁義と義理のラインが微妙に違うのかもしれない。

「所詮《しょせん》、ヤクザだからな」

清和は世間で畏怖されているように血も涙もない恐ろしい男なのだろうか。誰よりも可愛《かわい》い男が野獣の本性を見せても怖くはない。清和に対する愛《いと》しさも変わらない。だが、氷川の中で何かが弾《はじ》けた。

「なんでも、ヤクザ、で片づけるんじゃありません」

清和の中に苦悩と入り交じった哀切を氷川は感じ取る。殺人や残虐行為を好む輩ではない。

「それ以外に理由はない」

清和は憎たらしいぐらいサバサバしていた。ヤクザの本性を氷川に明かして、肩の荷が下りたのかもしれない。

「まさか、名取グループの海賊も清和くんの仕業なの？」

名取グループに対する報復をやめさせなければならない。一連の騒動で失念していた正道《まさみち》の忠告が頭を過《よぎ》った。

「俺は何もしていない」

氷川は清和の冷徹な表情から内心を読み取った。

「……何もしていない？　清和くんは何もしていないのに名取グループが海賊に襲われるんだね？　……清和くんが何もしていなくても、海賊の理由は清和くんなんだね？　僕、清和くんが嘘をつくとわかるんだよ？」

名取グループへの海賊襲撃は清和の差し金ではないが、最大の要因のひとつには違いない。そう氷川は確信した。

「眞鍋が名取グループから離れたことが広まった。ただ、それだけだ」

清和の逞《たくま》しい胸に白い手を当て、氷川は真剣な目で見上げる。真実を語ってはいるが、些《いささ》か言葉が足りない。

「も、もしかして、やっぱり、清和くんは海賊と関係があるの？　今まで名取グループが安全だったのは、眞鍋組がストッパーになっていたの？　……そうなの？　そうなんだね？」

共存を掲げる大親分の下、関東の暴力団は表向きはまとまっている。水面下では熾烈《しれつ》な抗争があるものの、巨大な敵や利益が絡むと話は違う。大親分の提唱通り、関東の暴力団は無言で団結するケースが多い。

　海賊は関東の暴力団にとって吉とも凶とも言いがたい存在だ。敵か味方か、プラスかマイナスか、一言では判別できない。

「名取グループは海賊対策が甘い」

　今まで名取グループは海賊に対する注意を怠ってきたが、眞鍋組と手を組んでいたのでそれでよかった。シンジケートを形成しているプロの海賊は、眞鍋組ひいては関東のヤクザと揉《も》めたくないので、今まで名取グループの船は避けていたのだ。また、今まで清和は関係のあるプロの海賊に注意していた。その代わり、海賊が関東に上陸する際、眞鍋組が少なからず便宜を図っていたのだ。

　名取グループと決別してから、清和は関係のある海賊に注意を入れなくなった。それ以上もそれ以下のこともしていない。

　もちろん、清和は名取グループが海賊に襲われることを予測していた。手を切ったらどんな目に遭うのか、名取グループに思い知らせるためにはちょうどいい。清和は遠い海で起こるであろう惨劇を待った。ヤクザをナメた罰だぞ、と秋信社長に囁《ささや》きながら。

　名取会長が氷川の勤務先に現れたということは、眞鍋組の恐怖を名取グループに植えつけることに成功したのだろう。

「海賊対策が甘いって正道くんも言っていたけど……名取会長は清和くんの仕業だと思っ

ているんだよ。このままだと清和くんは逮捕されてしまう」

氷川は苦しくなって、清和の広い胸に顔を埋《うず》めた。愛しい男の胸はいつもと同じように居心地がいい。

「逮捕はない」

ふっ、と清和は鼻で笑い飛ばした。冗談でもなければポーズでもないし、現状を把握していないわけでもない。それなのに、そう断言する。

「どうして？　銃刀法違反で逮捕されるかもしれない。すぐに危険なものを捨てよう」

危険なものをいっぱい持っているんでしょう、と氷川は潤んだ目で清和を非難した。

「警察はリキが鎮《しず》める」

高徳護国《たかとくごこくりゅう》流の次男坊が警察内の門弟にそれとなく働きかけているようだ。鬼神の存在感は今も霞《かす》んでいない。

「鎮められるの？　収められるぐらいなら正道くんはわざわざ病院に来ないと思う。正道くんもほかの高徳護国流の人に言われて代表で来たんだって」

氷川は高徳護国流の有志や正道の気持ちを切々と訴えた。どう考えても、悠長なことはしていられない。

「そのうち、秋信社長の舅《しゅうと》が失脚するだろう」

氷川を安心させるため、清和はまだ途中のシナリオを口にした。警察に圧力をかけている最大の人物を失脚させるつもりらしい。

「悪代議士に罠《わな》を仕掛けたの？」

氷川がストレートに言うと、清和は不敵に口元を緩めた。

「ヤクザにケンカを売ったら、どうなるかわかっているはずだ」

よくもナメやがったな、と清和が心の中で秋信に凄《すご》んでいるようだ。清和にはヤクザとしての自尊心もメンツもある。

「……清和くん、名取グループと戦うの？」

いずれ、名取グループと眞鍋組は全面衝突する。氷川の前に暗澹《あんたん》たる未来が広がったような気がした。

「名取会長には恩がある」

清和は苦しそうに返しても返しきれない恩を口にした。正面から戦わず、搦《から》め手《て》で陥落させるつもりなのだろうか。名取グループが敗北を認め、眞鍋組からおとなしく引けばそれで見逃すのか。

氷川には清和と眞鍋組の考えが見えなかった。

清和自身、まだ定まらず、迷っているのかもしれない。

「名取会長、もう一度手を結びたいって……」

氷川が名取会長の申し出を切りだすと、清和は涼しい顔で応えた。

「先生はどうしたい？」

どんな答えを求めているのか、清和の心情が読み取れない。

「名取会長が清和くんと眞鍋組を認めていることは間違いないと思う。名取会長は長生きしてくれるのかな？　秋信社長は本当に辞任させるの？」

氷川は即答を避け、慎重に話を進めた。

「秋信社長は辞任しても、いつか復職するだろう」

清和は馬鹿にしたような目で名取会長と名取グループの愚を語った。秋信社長も佐々原の死に警戒しても、己を戒める気は毛頭ないはずだ。

「秋信社長がいる限り、名取グループと手を組んだら、眞鍋組は犯罪組織になってしまう」

「ああ」

「卓くんの件も佐々原さんの件も目をつぶる。でも、眞鍋組がマフィアになるのはいやだ。次、眞鍋組が海賊になっているかもしれない」

今のご時世、追いつめられた秋信社長の指示により、ライバル会社のタンカーを襲撃し、積み荷を奪う羽目になりかねない。あちこちで資金不足どころか資源不足も取り沙汰されて久しい。

「ああ、卓を責めないでやってくれ」

卓は誰に罵《ののし》られるより、氷川に詰《なじ》られることが苦しい。清和は氷川の頭部に唇を寄せつつ、忠実な構成員を庇《かば》った。

「わかっている。卓くん、許してあげる。清和くんも許してあげる。けど、けど、けど……言いたいことがありすぎて苦しくなってきた」

清和を想《おも》っても、卓や構成員を思っても、つらくてたまらない。氷川は過呼吸を引き起こしそうになってきた。

「俺は社会のクズのヤクザだ。眞鍋組はクズの吹きだまりだ。そう思っていてくれ」

自虐気味な清和に愛しさが募る。

「清和くんが僕の隣にいてくれるならクズでも極悪でも鬼でもいい。本当になんでもいいんだよ」

清和の手を取った時にある程度の覚悟はできている。ヤクザを愛するとはどういうことか、清和の義母からもそれとなく教えられた。

「後悔するな」

清和は不遜《ふそん》な目で言い放つと、氷川をシーツの波間に沈めた。そして、白い額に羽毛のようなキスを落とす。

「清和くん?」

清和が離れようとしたので、氷川は手を伸ばした。

「もう寝ろ」

氷川は清和の言葉に苦笑を漏らした。

「本当に社会のクズだったらここでそんなことを言わないよ」

氷川の伝えたいことが的確に清和に通じたようだ。躊躇《ためら》っているのか、視線を合わせずに確かめてくる。

「いいのか？」

若い清和はいつでも艶《なまめ》かしい氷川の身体を求めている。それでも、清和は必死になって自分を抑え込んでいた。

「いやらしいことをしなかったらいいよ」

階下では眞鍋組の男たちが詰めているはずだし、二階の隣室でも誰かが休んでいるのだろう。嬌声《きょうせい》は上げたくない。

「…………」

「社会のクズのくせに、極悪非道なヤクザのくせに……どうして僕には優しいの？」

ふたりきりでいる時、清和は遠い昔と変わらず、素直で可愛い男だ。社会のクズでもなければ、悪の組織の親玉でもない。

「…………」

氷川は清和の首に両腕を絡め、自分の身体に引き寄せた。愛しい男を潤んだ目で甘く誘う。

「清和くんが本当は優しい子だって知っている。だから、僕は心配でならない」

氷川の薄い胸に清和は顔を埋《うず》めている。

「……………」

「可愛いのに……」

氷川の言葉を遮るように、清和の唇が重なった。これ以上、氷川の切ない気持ちを込めた言葉を聞きたくなかったのだろう。

霧の深い芦ノ湖の夜、清和は社会のクズと自嘲《じちょう》しつつ、氷川のしなやかな身体を優しく抱いた。

「清和くん、くすぐったい」

清和の愛撫《あいぶ》がもどかしくて、氷川は細い腰をくねらせた。

「そうか」

清和の視線が熱すぎて、氷川の肌が火照る。

「そこはあまり触っちゃ駄目だよ」

清和の長い指が敏感なところに伸びたので、氷川は上ずった声で咎《とが》めた。執拗《しつよう》に弄《まさぐ》られると、自分が自分でなくなってしまうからだ。すでに氷川の目はうるうる潤んでいるし、白い頬《ほお》も薔薇色《ばらいろ》に染まっていた。

「………」

「少しだけ、少しだけだよ」

氷川は宥《なだ》めるように声をかけたが、却《かえ》って煽《あお》るだけかもしれない。清和の分身はこれ以上ないというくらい膨張していた。

「………」

「清和くん、聞いてる?」

秘所を撫でる清和の指が卑猥《ひわい》すぎて、氷川は下肢を痙攣《けいれん》させた。いてもたってもいられなくなる。

「ああ」

「清和くん、なんか変だよ」

秘所にある清和の指の動きを阻もうとしても、氷川にはどうすることもできない。細い腰を淫《みだ》らに振るだけだ。

「………」

「なんか、本当にどこか変だよ」

「……放さない」

清和は耳を澄まさないと聞き取れないような声でポツリと言った。どうやら、口に出すつもりはなかったらしい。

「清和くん？　どうしたの？」

澄んだ箱根の水が合わなかったわけではないだろう。どこがどう違うと言葉では言えないが、いつもの清和ではないような気がする。氷川は愛しい男に翻弄《ほんろう》され、喩《たと》えようのない陶酔感に引き込まれた。

7

翌日、昨日までの悪天候が嘘《うそ》のように芦《あし》ノ湖《こ》は晴れ渡っていた。窓から眺める芦ノ湖は絶景で溜《た》め息《いき》しか出ない。

「清和《せいわ》くん、見てごらん、綺麗《きれい》だよ」

氷川《ひかわ》は窓辺で清和の背中に手を回した。

「ああ」

「清和くんと一緒にこんな綺麗な景色が見られるだけでも幸せなのかな」

氷川は甘えるように清和の胸に頬《ほお》を擦《こす》りつけた。

「………」

清和は何か言いたいらしいが、言葉にできないらしい。意外なくらい純情で口下手な男だ。

「また、連れてきてね」

「ああ」

氷川は清和とともに芦ノ湖の清冽《せいれつ》な美しさに見惚《みと》れた。それから、ふたりで一階に下りる。

「姐《あね》さん、おはようございます」

卓《すぐる》を筆頭にショウや宇治《うじ》といった若手の構成員たちから朝の挨拶《あいさつ》を受ける。潑剌《はつらつ》としたショウの傍《かたわ》らには京介《きょうすけ》もいた。

「おはよう」

氷川は優しい目で若い男たちを労《ねぎら》う。

「せっかくの箱根《はこね》なんスよ。メシを食ってから帰りましょう」

ショウの鼻息の荒さに氷川は戸惑ったが異論はない。卓の案内で芦ノ湖畔の美味《おい》しいそば屋に入る。もちろん、卓は女装したままだ。氷川は茂実《しげみ》や明日香《あすか》について一言も尋ねなかった。

もっぱら会話は箱根グルメと眞鍋《まなべ》組の韋駄天《いだてん》についてだ。

「姐さん、聞いてください。昨日は霧が深くて視界が悪かった。だから、俺が先導したんです。なのに、ショウは芦ノ湖に落ちやがった」

卓はそばをツユにつけながら、ショウの武勇伝ならぬ大ボケ話を語った。昨日は悪天候で芦ノ湖の水位も普段と違った。しかし、注意して卓の後ろに続けば芦ノ湖に落ちることはなかっただろう。

いや、地元民の案内がなくても、そう簡単に芦ノ湖には落ちない。

眞鍋組の特攻隊長は芦ノ湖にも特攻をかけないと気がすまないのか、氷川は二の句が継げなかった。

「俺が芦ノ湖に落ちたんじゃない。芦ノ湖が俺に近づいてきたんだ。芦ノ湖も惚《ほ》れる俺様らしい」

ショウは天麩羅《てんぷら》そばとカツ丼《どん》を交互に食べつつ、臆《おく》せずにむちゃくちゃな持論を展開した。

「それは絶対に違う」

卓が呆《あき》れたように言うと、京介もどこか遠い目で続けた。

「ショウ、昔、前にも一度、霧の芦ノ湖に落ちたことがある。助けようとした俺もショウが暴れやがるんで遭難しかけた……助けないほうがよかったのかもしれない……俺、馬鹿《ばか》だ」

暴走族時代のショウの乱行を明かす京介には、そこはかとない哀愁が漂っていた。芦ノ湖には逸話が詰まっているようだ。

芦ノ湖に落ちるのは二度目なのか、と氷川はショウの衝撃の過去に声が出ない。今まで芦ノ湖に二度も落ちた男の話を聞いたことがなかった。

「俺、芦ノ湖のジョーズになる運命なのかな」

ショウは箸《はし》を握ったまま、ガッツポーズを取る。彼にとって芦ノ湖に落ちたことは恥でもミスでもない。

「いや、芦ノ湖の単細胞アメーバだ。ワカサギの餌《えさ》」

京介はこれみよがしにワカサギフライに齧《かじ》りついた。

「俺様はワカサギにも惚れられるんだな」

「お前はワカサギぐらいにしか惚れられないのかもしれん」

ショウと京介の言い合いに氷川は口を挟めなかった。清和は最初から会話に参加する気はないらしい。

卓はせっせと天麩羅そばを平らげ、揚げたてのワカサギフライに箸を伸ばしている。霧が晴れた芦ノ湖からは富士山が望めた。卓も鬱々《うつうつ》とした霧が晴れたように清々《すがすが》しい笑顔を浮かべている。

それでいい。卓がいい顔をしていればそれでいいのだ。

氷川は屈託のない卓の笑顔ですべて流した。


眞鍋組の諜報部隊《ちょうほうぶたい》が腕によりをかけて工作した結果、茂実と明日香は事故死として処理されたという。卓の叔父である長広《ながひろ》はいっさい口を利かず、強羅《ごうら》の石渡家《いしわたりけ》で通夜の準備をしているそうだ。

もう死にたい、が長広の口癖になっているらしい。生気も覇気も長広にはないが、顔色はだいぶいいらしい。茂実という人生最大の霧が晴れたからかもしれない。卓は長広も手にかけようとしたがすんでのところで思い留まったという。清和やリキ、サメも卓の意見を尊重した。

箱根湯本から特急電車に乗り新宿駅に向かう。

隣には愛しい男がいて、静かに目を閉じている。

あっという間に終わった休日は、凄絶な事件に直面しても、箱根という土地柄のせいか、どこか夢心地であまり現実感がなかった。窓の外に広がる景色が変わり、いやでも現実に引き戻される。

名取グループとどうなるのか、警察とどうなるのか、藤堂とどうなるのか、桐嶋とどうなるのか、不安がどっと押し寄せてきた。

その存在を確かめるように、愛しい男の肩に寄りかかる。

清和は不安に揺れる氷川に気づいたのか、優しく華奢な肩を抱き寄せた。

電車がこのまま走り続ければいいのに、と氷川は魑魅魍魎が跋扈する街に近づく電車内で切に願う。

けれど、当然、氷川の願いは届かない。

氷川は改めて腹を括り、愛しい男を見つめた。社会のクズでも人間以下の極悪非道でもなんでもいいから生き抜けと、心の中で力んだのは言うまでもない。
愛しい男は卓と同じように霧が晴れたような顔をしていた。

あとがき

講談社X文庫様では二十四度目ざます。己の腹部のたぷたぷ感に一喜一憂している樹生《きふ》かなめざます。

今日のお腹《なか》のたぷたぷ感は昨日よりマシ、一昨日《おととい》よりもマシよ、ちょっと痩《や》せたのかしら、と喜んだのも束の間ざます。芸人の一発芸の如《ごと》くお腹のたぷたぷは無慈悲にもたぷんたぷんになります。どこまでお腹が膨れるのか、恐ろしくてなりません。でも、箱根《はこね》に一歩でも足を踏み入れたら、お腹のお肉なんて気にしません。ええ、食って食って食いまくりますとも。

樹生かなめと同年代の夫婦が箱根を楽しんでいる中、やたらとキラキラしたカップルがいちゃついている中、外国人カップルがムードを出している中、アタクシはグルメマップを相棒に突き進みます。箱根ではどこで何を食べても美味《おい》しい。独り身の虚《むな》しさを吹き飛ばす美味しさかもしれません。

子供の頃、家族旅行で箱根に行き、山道を登るバスに酔った記憶があります。キャラメルで耐えましたが、子供心にも箱根の山道の険しさを実感したものです。母親や妹も箱根の山道に白旗を掲げました。それ故、箱根はバスの印象がとても強かったのですが、子供時代の楽しかった思い出として樹生かなめの脳裏に深く刻まれています。

箱根は幸せな思い出の場所のひとつですから、作品の舞台にせずにはいられません。

本作の執筆にあたり、ン年ぶりに箱根のバスに乗り、酔いもせずにケロリとしている自分に戸惑ったものです。腹のたぷんたぷんが樹生かなめを強くしたんでしょうか？　たぷんたぷんも役に立つことがあるのでしょうか？

そんなところでございます。

担当様、たぷんたぷんではなく、しみじみとありがとうございました。深く感謝します。

奈良千春《ならちはる》様、たぷんたぷんではなく、癖のある話に今回も素敵《すてき》な挿絵をありがとうございました。深く感謝します。

読んでくださった方、ありがとうございました。

再会できますように。

箱根移住を真剣に考えた樹生かなめ

『龍の青嵐、Ｄr.の嫉妬』、いかがでしたか？
樹生かなめ先生、イラストの奈良千春先生への、みなさまのお便りをお待ちしております。
樹生かなめ先生のファンレターのあて先
〒112-8001 東京都文京区音羽２-12-21 講談社 文芸図書第三出版部「樹生かなめ先生」係
奈良千春先生のファンレターのあて先
〒112-8001 東京都文京区音羽２-12-21 講談社 文芸図書第三出版部「奈良千春先生」係

N.D.C.913　238p　15cm

樹生かなめ（きふ・かなめ）

講談社X文庫

血液型は菱型。星座はオリオン座。
自分でもどうしてこんなに迷うのかわからない、方向音痴ざます。自分でもどうしてこんなに壊すのかわからない、機械音痴ざます。自分でもどうしてこんなに音感がないのかわからない、音痴ざます。自慢にもなりませんが、ほかにもいろいろとございます。でも、しぶとく生きています。
樹生かなめオフィシャルサイト・ROSE13
http://homepage3.nifty.com/kaname_kifu/

white heart

龍《りゅう》の青嵐《せいらん》、Dr.《ドクター》の嫉妬《しっと》

樹生《きふ》かなめ

●

2011年11月4日　第1刷発行

定価はカバーに表示してあります。

発行者——鈴木　哲
発行所——株式会社　講談社
東京都文京区音羽2-12-21　〒112-8001
電話　編集部　03-5395-3507
販売部　03-5395-5817
業務部　03-5395-3615
本文印刷—豊国印刷株式会社
製本——株式会社千曲堂
カバー印刷—半七写真印刷工業株式会社
本文データ制作—講談社デジタル製作部
デザイン—山口　馨

ISBN978-4-06-286698-9